Agujeros de gusano

Volumen 1

Jorge Cervantes "Cervan"

Del universo de: "La casa blanca de las babosas gigantes"

Agujeros de gusano

Volumen 1

Jorge Cervantes "Cervan"

Del universo de: "La casa blanca de las babosas gigantes"

© *Jorge Cervantes Vázquez, 2022*

ISBN ES 9788411233651

Impresión y editorial: BoD – Books on Demand

info@bod.com.es - www. bod.com.es

Impreso en Alemania – Printed in Germany

Cervan

Capítulo 1

Agujeros de gusano

La avenida estaba abarrotada. Cientos de personas se apiñaban alrededor de las barracas con tómbolas y juegos de feria, mientras los niños revoloteaban cerca de las atracciones mecánicas, observando el vaivén de estas y comiéndose las uñas a la espera de su turno. Clara tiraba de mí sin parar para que la acompañase a visitar el máximo número posible de puestos, me pedía que le comprase dulces típicos de las fiestas, que jugase a los engañosos juegos que proponían los feriantes, presionándome sutilmente para que le consiguiese alguno de los trastos que ofrecían como premio. Las luces y el ambiente estival la hacían retroceder a su infancia y la llenaban de ilusión, provocando que se comportase como si tuviese diez años. Lo curioso del asunto era que, a nuestro hijo de diez años, Beltrán, no le gustaba demasiado todo aquello. El ruido de los fuegos artificiales le asustaba y pasaba las horas festivas, temeroso de que alguno de aquellos petardos pudiese explotar cerca de sus oídos. Tampoco le entusiasmaban las chucherías, los payasos ni los juegos de habilidad o fuerza que habían tomado por unos días, las calles de nuestra ciudad.

-¡Paco, mira! ¡Un artista callejero! ¡Hazte un retrato!

-Clara…, para qué queremos un retrato mío, ¿no será mejor que te lo haga a ti?, eres mucho más bonita a la vista.

Sonreí a mi mujer, que me devolvió una mirada de cariño mientras tiraba de mi mano para que cediese a su capricho.

Cada año pasábamos por lo mismo, Clara desbocada, apresurándonos para probar todas y cada una de las atracciones, puestos y comidas de las fiestas mientras mi hijo y yo la seguíamos como podíamos hasta caer exhaustos. Para más inri, este año contaba con un problema añadido, su avanzado estado de gestación impedía que se desplazase entre el gentío con la destreza de otras ocasiones.

-¡Madre de Dios, qué cosa más horrenda!

-¿Pero qué dices? Te ha clavado.

Aquel dibujante me había inmortalizado portando un cetro y una corona, como si fuese el rey de algún tipo de reino medieval. Aunque a mí me parecía bastante impreciso, Clara insistió en conservarlo. Bromeó con enmarcarlo y exponerlo en nuestro salón, como si se tratase del retrato del soberano de nuestro particular imperio doméstico.

Ese momento se convertiría en uno de los momentos determinantes en la historia. Un instante que hoy por hoy, borraría de la existencia si pudiera, dadas las implicaciones que tendría y la cantidad de personas que verían sus vidas destrozadas por culpa de un pedazo de papel pintado a carboncillo por un supuesto artista, que se ganaba la vida retratando a la gente en ferias itinerantes. Por suerte, me habré muerto antes de vivir en mis carnes las consecuencias de aquel acto.

¿Qué cómo voy a morir? Para dar una respuesta a esa pregunta debemos remontarnos al año 1973. Yo acababa de obtener un ascenso en mi trabajo como investigador en la universidad. Estudiaba un invento novedoso, un haz de luz de una sola longitud de onda producido por un cristal de rubí al que se le aplica un voltaje. Un concepto bastante técnico y con muchas aplicaciones potenciales, a mi juicio. Normalmente, iba del laboratorio a casa y viceversa, tratando de aprovechar mis escasos momentos de ocio con mi hijo y mi esposa. Ni era el más brillante de los investigadores de mi generación, ni tenía intención de serlo. Solo deseaba terminar mi jornada laboral, llevar a cabo mis experimentos, sacar mis conclusiones e irme a mi hogar, a ser verdaderamente feliz. Hasta que una mañana de octubre ocurrió algo que cambió mi vida y la de los que me rodeaban para siempre.

Agujeros de gusano

Me hallaba en el laboratorio, llevando a cabo una serie de pruebas rutinarias, cuando escuché una serie de carreras por el pasillo. Me asomé a ver qué estaba pasando y casi me atropella una manada de estudiantes que iban a toda velocidad hacia la planta baja. Allí se celebraba una charla a cerca de un mineral que el equipo de arqueólogos de la universidad había encontrado en la tumba de no sé qué faraón egipcio o maya, o de alguna civilización antigua, de las que solo se oye hablar en este tipo de charlas.

-¡Vamos Paco! ¡Vamos a ver qué ocurre!

Mi compañero de laboratorio, Óscar me instaba a que dejase mis experimentos a medias para ir con él a escuchar una aburrida exposición a cerca de un pedrusco. No estaba dispuesto a perder mi valioso tiempo con semejante estupidez, así que dije que no.

-¡Venga hombre! ¡Pasas demasiado tiempo con esa "lucecita"! ¡Distráete un poco!

A regañadientes, accedí a bajar, aunque solo fuese para fumarme un cigarro, ya que al contar mi laboratorio con balas de oxígeno y otros gases, me estaba prohibido hacerlo dentro.

Descendimos la escalera, rodeados de la marabunta de estudiantes a los que poco más que a mí les debía interesar la charla, ya que estaba claro que solo iban para escaquearse un rato de alguna clase tediosa. Nos colocamos en la parte de atrás, pues tenía la idea de desaparecer en cuanto la cosa se pusiese más aburrida de lo que fuese capaz de soportar, pero al final no me fui. El que habían descubierto era un material con una configuración molecular extrañísima. Físicamente, era imposible que aquel pedazo de cristal pudiese existir, según los datos que había recabado el equipo de investigación que lo había examinado.

Agujeros de gusano

Se trataba de átomos de un elemento superpesado, con una configuración electrónica del todo imposible. Sin carga y sin ningún tipo de enlace entre sus moléculas. Era imposible, desde el punto de vista de la ciencia que aquello estuviese allí y fuera estable, pero, de hecho, allí estaba, ante nuestros atónitos ojos. La mayor parte de los estudiantes bromeaba tirando de los escuetos conocimientos que habían adquirido. Bromeaban a cerca de materia exótica o negativa, términos referidos a moléculas que solo existen a nivel teórico y de las que, evidentemente no tenían la formación necesaria para atreverse a clasificar. Qué atrevida es la ignorancia.

Los siguientes minutos estuve demasiado absorto en mis pensamientos a cerca de aquel material tan peculiar como para darme cuenta de que la sala se había quedado completamente vacía. Solamente quedábamos la ponente, que recogía distraída los materiales de su exposición y yo, que continuaba de pie, apoyado cerca de la puerta. Hasta Óscar me había dado por imposible y se había ido a continuar con su trabajo, mientras yo seguía dándole vueltas a posibles explicaciones para la existencia de aquel cristal.

-Doctor Cabrales, ¿está usted bien?

Ante mí una mujer muy morena de cara delgada y mirada intensa, que me observaba desconcertada ante mi aparente crisis de ausencia.

-Sí, disculpe. Una ponencia fascinante. Me he quedado maravillado con cómo ha abordado los análisis del material.

-¡Gracias!, es mucho viniendo de usted. Quería preguntarle algo…

-Usted dirá.

-He estado haciendo muchas pruebas con el mineral, tratando de determinar sus propiedades físicas, pero no he llegado a nada concluyente.

Agujeros de gusano

Sospecho que puede actuar como una especie de prisma, dividiendo los haces de luz blanca en rayos con distintas longitudes de onda, creo que usted trabaja con una especie de emisores de rayos de luz de una sola frecuencia o algo así.

Me encendí un cigarro. No me apetecía nada explicar en qué consistían los experimentos que estaba llevando a cabo, pero aun así me vi obligado a hacerlo por cortesía.

-Entonces, ¿usted cree que podríamos llevar a cabo una prueba con el mineral que yo traigo?

Si hubiera dicho que no tenía tiempo para juegos, o me hubiese inventado cualquier excusa, todos los acontecimientos que destrozaron mi vida y la de tantos otros nunca habrían tenido lugar.

Por desgracia, mi educación me obligó de nuevo a acceder a las peticiones de mi colega.

-Muchísimas gracias, señor Cabrales. Soy Elisa San Javier. Encantada de conocerle.

Elisa estaba muy emocionada. Llevaba años estudiando aquel pedrusco sin obtener ningún resultado y aquella era la primera vez que podría llevar a cabo algo realmente novedoso. Estaba harta de experimentos cuyos resultados eran predecibles.

Iba de un lado a otro del laboratorio preguntado para qué servía absolutamente todas y cada una de las piezas del equipo, cómo funcionaba a todos los niveles, pues se trataba de una científica muy curiosa e inteligente con una gran perspicacia. En seguida comenzó a desentrañar cada uno de los aspectos de mi trabajo. Deducciones que a mí me habían llevado meses de ecuaciones y rompeduras de cabeza, para ella eran pura lógica y me las soltaba sin tapujos, mientras yo la observaba boquiabierto.

-Entonces qué alcance tiene…, ¿cómo lo ha llamado?

-El láser. *"Light amplification by stimulated emission of radiation"*

-Increíble.

-No tanto. No deja de ser un ingenio. Lo interesante es tratar de darle más potencia para ver qué se puede llegar a hacer con él.

-¿Y qué cree que ocurrirá cuando lo disparemos a mi cristal?

-Pues si le digo la verdad, no tengo ni idea. La estructura molecular que usted asegura que tiene este elemento es, desde el punto de vista de la física y la química, del todo imposible.

-No perdamos el tiempo entonces. Estoy ansiosa.

Me puse a calibrar el equipo. Tardé semanas en diseñar y ensamblar cada una de las piezas del que, esperaba fuera un emisor de luz de una sola frecuencia con una potencia nunca vista hasta el momento. Coloqué el cristal de Elisa justo en la trayectoria del haz de luz que emitiría la máquina y encendí el interruptor.

-Tarda unos segundos en calentar. -Expliqué.

De pronto el rayo de luz roja salió del extremo de la máquina impactando en el mineral, pero no ocurrió nada.

-¿No puedes darle más intensidad?- Preguntó ella, visiblemente decepcionada.

Yo cumplí su capricho, girando el potenciómetro que regulaba la intensidad, haciendo que la fina línea roja se pudiese observar con nitidez. Seguía sin pasar nada.

Agujeros de gusano

Estábamos a punto de tirar la toalla cuando observamos un destello detrás de la piedra, como si hubiese explotado un diminuto petardo de San Juan. Nos acercamos con cautela. Le había explicado a Elisa que aquella luz roja podía llegar a dañarle las retinas si la observaba fijamente, aun así, dirigió su vista hacia ella sin llevar puesta ninguna protección ocular.

Una luz diminuta, tan pequeña como el ojo de una aguja refulgía dentro del cristal. Estaba claro que el láser provocaba una reacción en el interior de la estructura traslúcida que rodeaba la extraña materia del interior.

-Dale un poco más de potencia, Paco.

Obedecí intrigado. Sin tener en cuenta los posibles riesgos, puse el potenciómetro en el máximo. La máquina emitía un silbido agudo, como si fuese a estallar en cualquier momento, pues estaba claro que no estaba preparada para tal desarrollo energético. Pero funcionaba. La luz en el interior de la roca brillaba con fuerza e iba en aumento. A los pocos segundos alumbraba toda la habitación. Alumbraba de una forma que nunca habíamos visto antes, llegando a obligarnos a taparnos los ojos para no sufrir daños. Aumentaba de manera exponencial hasta hacer que los colores de los objetos de alrededor parecieran distorsionarse, como si estuviese emitiendo tanta potencia que desplazase la luz reflejada en aquellos trastos de laboratorio.

Entonces dejó de aumentar y a los pocos segundos, lo que arrojaba tanta energía que casi nos deja ciegos se volvió oscuro. De un negro tan profundo que no sería capaz de explicarlo con palabras. Aquel punto en el interior del cristal comenzó a hacer que la habitación se tornase de pronto sombría, como si hubiésemos corrido las cortinas. El ambiente era absolutamente lúgubre y carente de color. Parecía que estuviésemos en una habitación en blanco y negro con mala iluminación, a pesar de que fuera de la estancia el sol calentaba con fuerza.

Tras un leve chasquido, el punto de oscuridad creció hasta salirse de la piedra como si la estructura que lo rodeaba no existiese. Un frenético viento nos empujaba con muchísima fuerza hacia aquel punto negro del espacio, que se tragaba todo lo que entraba en él, independientemente de su tamaño. Mesas, sillas, material de laboratorio…, todo entraba en aquel vórtice y todo se comprimía y desaparecía dentro de él. Yo me agarré a la columna que sostenía el piso superior con todas mis fuerzas. Siempre me había parecido del todo inoportuna, pues impedía que tuviese visibilidad total de la estancia, pero en aquella ocasión fue lo que me salvó la vida.

Elisa volaba hacia la anomalía. Literalmente, el viento levantó su cuerpo y ella estaba siendo arrastrada con fuerza hacia el interior del punto oscuro cuando agarré su mano. Tiré con todas mis fuerzas para que ella misma pudiese aferrarse a la columna y a continuación, decidí actuar.

Con una mano me agarraba al cemento mientras que estiraba la otra, tratando con todas mis fuerzas de alcanzar el potenciómetro de la intensidad del rayo láser. Con suerte apagando el equipo todo se acabaría.

Elisa se dejó caer al tiempo que se aferraba a mi bata de laboratorio. Había intuido mi idea y quería que la sujetase para formar una cadena humana y que ella pudiese acceder al potenciómetro.

Finalmente, lo consiguió, aunque no apagó totalmente el equipo, sino que bajó la intensidad del láser al mínimo y el vórtice que amenazaba con tragarnos, quedó reducido a un pequeño agujero de color negro, no más grande que un guisante de tamaño medio. Su fuerza de atracción no era suficiente para ponernos en peligro siempre que no nos aproximásemos demasiado, así que pude acercarme lo bastante como para inspeccionar el resultado de nuestro experimento. De algún modo se habían generado dos puntos en la trayectoria de mi láser. Uno era de color negro y ejercía una poderosa fuerza de succión y el otro de un blanco muy brillante, casi cegador, que tenía el efecto contrario: parecía apartar cualquier elemento que se acercase. El cristal estaba rajado, pero conservaba su forma y aún se intuía en su interior lo que fuese que albergaba. Estaba claro que disparándole un rayo láser no íbamos a descubrir su composición, sin embargo, habíamos dado con algo muchísimo mejor.

-¿Qué acaba de pasar?

Elisa aún jadeaba. Estaba de cuclillas, agarrándose con fuerza las rodillas como si fuese un niño que acaba de tener una horrible pesadilla.

-Es pronto para sacar conclusiones, pero creo que algo que en teoría existe, aunque nadie ha sido capaz de demostrar. -Dije, mientras ella se esforzaba por mantenerse atenta a mi explicación - ¿Sabes lo que son los puentes Einstein -Rose?

-Me suena, aunque no estoy familiarizada en profundidad.

-En teoría, debería poder crearse un puente entre un agujero negro y otro blanco…

-¿Agujero blanco?

-Sí. Un agujero negro es un punto del espacio que atrae todo lo que se acerca, incluyendo la luz. En el centro debería hallarse la singularidad, o el punto de máxima densidad posible. Mientras que un agujero blanco sería justo lo contrario, un lugar en el espacio que expulsa todo lo que se le acerca, ¿entiendes?

-Pero ¿eso existe?

Agujeros de gusano

-Bueno, eso sugieren las matemáticas. -Sonreí – en teoría, estos dos puntos del espacio deberían poder conectarse mediante un túnel, los llamados "agujeros de gusano". A través de un agujero de gusano se podría viajar instantáneamente de un punto a otro del espacio independientemente de la distancia que los separase, incluso se podría llegar a viajar en el tiempo.

-¿En serio?

-Repito que esto es teoría. Nadie ha sido capaz de demostrar nada parecido. Ni siquiera sabemos si los agujeros de gusano serían lo suficientemente estables para soportar que nada pasase a su través.

-Y crees que eso es lo que tenemos aquí…

-Pensarás que estoy loco…

-¿Cómo podemos averiguarlo?

Sin molestarme en contestar, cogí una silla que tenía a mi derecha. Un mueble barato de estos que parece que llevan ahí desde antes de que la universidad hubiese abierto sus puertas. La alcé sobre mi cabeza y la tiré directamente al vórtice. Al instante desapareció como si entrase en una habitación a oscuras y dejásemos de ser capaces de percibirla. Era lo que esperaba. Ya había visto durante el incidente que aquello era lo que ocurría con lo que se acercaba a la zona negra, pero en aquella ocasión no pretendía ver cómo la silla desaparecía, sino el diminuto destello del lado blanco. No fui capaz de percibir nada físico, pero sí una reacción, un flash como el de una cámara fotográfica que se había disparado justo en el instante en que la silla desapareció.

Acelerado, daba vueltas por el laboratorio, en busca de materiales. No sin dificultad, coloqué varias placas de Petri cerca de la zona blanca, empujándolas con una escoba que había cerca, de tal manera que quedasen repartidas bajo la anomalía. Hice lo propio con todos los mecheros Bunsen que fui capaz de recopilar entre mi laboratorio y el de química, a otro lado del pasillo, en el que por suerte, nadie trabajaba en aquel momento.

-Tiene que ser estéril, si no, no será concluyente. – Dije.

Una vez tuve todo colocado, observé el montaje durante unos segundos, tratando de pensar rápidamente en algún detalle que se me pudiese estar escapando. Asentí y me dispuse a lanzar al vórtice el objeto más grande que encontré. Un sofá que había llevado yo mismo, para poder tumbarme en mis largas noches de trabajo.

Al igual que la silla desapareció en cuanto estuvo cerca de la parte negra y se generó un pequeño destello en la blanca.

Sin parar un segundo para dar explicaciones, monté el microscopio con el que contaba el laboratorio y que jamás había tenido la oportunidad de estrenar. Comencé a revisar las placas una por una, en busca de algún indicio que pudiese darme alguna hipótesis.

-¿Me lo explicas por favor?

Elisa estaba de espectadora. Me observaba corretear de un lado a otro recogiendo, observando y etiquetando sin que yo me molestase en contestar a sus preguntas. Empezaba a mostrar signos de enfado cuanto grite:

-¡Ahí está!, ¡lo sabía!

Entre todas las placas y con una probabilidad infinitamente pequeña, ¡localicé una aguja en un pajar!

Agujeros de gusano

El dichoso sofá había aparecido, miniaturizado en una de las placas y por suerte lo había localizado en tiempo récord.

-Mira -Dije.

-Que tengo que…. -Enmudeció nada más comprender lo que estaba pasando. –

-Sí, es lo que crees. No te has vuelto loca.

-Me estás diciendo que el sofá…

-Exacto. El sofá ha pasado por el túnel entre los dos agujeros, se ha convertido en un mueble de aproximadamente un micrómetro y ahí lo tienes. Tenemos ante nuestros ojos un auténtico agujero de gusano. No tengo ni la más remota idea de cómo se ha generado ni de cuántas improbabilidades han ocurrido para que esto haya llegado a pasar, pero efectivamente, tenemos ante nosotros un aparato que hace que los objetos que entran en él, viajen en el espacio y se reduzcan a tamaños microscópicos. A priori no se me ocurren cuáles podrían ser las aplicaciones de esto, pero estoy seguro de que muchísimas.

Los días pasaban como si no durasen más que unos minutos. Tanto Elisa como yo, vivíamos absortos en el increíble descubrimiento científico que se había presentado frente a nosotros. Acordamos no decir nada a nadie hasta haber recabado datos suficientes, pues aquello prometía ser una revolución en la física de la época. Agotamos decenas de libretas con datos y observaciones, probamos con todos los objetos materiales que se nos venían a la cabeza. Uno detrás de otro, los lanzábamos para observar después cómo se miniaturizaba y las propiedades que presentaban al caer en la placa de Petri, que enseguida empezó a parecerse más a un vertedero diminuto que a un objeto de estudio.

Agujeros de gusano

A pesar de todo el trabajo no habíamos descubierto mucho más que lo observado el primer día. Cualquier cuerpo que entrase por el agujero negro salía expulsado por el blanco con un tamaño un millón de veces menor, pero no habíamos dado con la forma de recuperar los objetos. Es decir, podíamos encoger cosas, pero no teníamos ni idea si era posible hacerlas regresar a su estado normal. Estábamos en un punto muerto, en un callejón sin salida, ya que con los medios de que disponíamos no podíamos seguir avanzando en la investigación.

-Tenemos que publicarlo ya, Paco.

Elisa trataba de convencerme para redactar un artículo. El descubrimiento era lo suficientemente jugoso por sí solo como para que fuésemos los ganadores del próximo premio Nobel. Simplemente con publicar el hecho de que habíamos observado un agujero de gusano, toda la comunidad científica cantaría nuestras alabanzas durante décadas. Yo no estaba de acuerdo. Quería comprender los entresijos. Cómo había llegado a formarse el puente Einstein-Rosen en primer lugar. Si la materia que encerraba la piedra de Elisa era o no antimateria, pues los cálculos del propio Einstein sugieren que los agujeros de gusano podrían llegar a ser estables aportando esta materia negativa de alguna forma. Todo estaba ahí, aunque no tenía ni la más remota idea de cómo se entrelazaba.

-¡No vais a publicar una mierda! Es más, a partir de este momento si os tiráis un pedo yo voy a ser el primero en olerlo, si os bebéis un vaso de agua me llamáis a mi primero para pedirme permiso. ¿Está claro?

Un hombre alto y con un evidente sobrepeso, vestido con un pantalón de camuflaje y una camiseta de algodón verde militar, había irrumpido en el laboratorio justo en mitad de nuestra discusión.

-Hola, ¿usted es? -repliqué educadamente.

-Coronel Prado, de las fuerzas armadas. Encantado de conocerlos. Este experimento y todos sus datos pasa a ser propiedad del ejército. Ustedes se dedicarán a completarlo y enfocarán sus avances en la dirección que les marquemos.

-¿Y si nos negamos?

Elisa contestó acercándose a aquel soldado arrogante, como si no le intimidase lo más mínimo. Por su parte, el coronel se mesaba el bigote canoso y perfectamente recortado, haciendo gala de una frialdad fuera de lo común en individuos de tal calaña.

-Si se niegan a colaborar con nosotros, tenemos formas de hacer desaparecer a insurrectos. Traidores que no merecen ni siquiera que quememos sus cuerpos para no dejar pruebas, sino que hay zonas francas en las que podríamos tirar los cuerpos de, digamos una pareja de científicos desobedientes y que las alimañas se hiciesen cargo de los cadáveres. No sé si me explico.

-Se explica usted maravillosamente. - Contesté.

Elisa lo miraba con rabia. Sabía que habíamos pasado de tener todas las papeletas para hacernos con el premio Nobel a tener que trabajar gratis para el ejército, que se afanaría en convertir nuestro descubrimiento en un arma para sus aviesos fines.

Sin más explicaciones, un grupo de soldados entró en la estancia. Recogieron y etiquetaron con sumo cuidado cada uno de nuestros aparatos. Hay que reconocer que los lacayos del coronel trabajaban con gran precisión y rigurosidad. Embalaron y recogieron todo siguiendo nuestras indicaciones, para que la anomalía pudiese replicarse correctamente allá donde fuese que pretendían llevar el equipo. Una vez remataron la labor que se les había encomendado, nuestro antiguo laboratorio quedo completamente vacío. No dejaron ni una escoba para poder barrer el polvo acumulado en las esquinas y desaparecieron sin dejar rastro. Los dos, nos sentamos en el suelo, uno al lado del otro mientras observábamos aquel tremendo vacío.

-¿Y ahora? – dijo ella.

- Entiendo que nos llamarán, ¿no?

Capítulo II

Agujeros de gusano

El laboratorio de las fuerzas armadas estaba a un par de kilómetros, a las afueras de la ciudad, en un complejo militar fuertemente vigilado. Los primeros días un coche del ejército se presentaba en mi domicilio para recogerme e ir a trabajar, pero pronto obligaron tanto a mi familia como a Elisa, que vivía sola, a trasladarse a una pequeña urbanización a pocos metros del recinto. Para Clara y Beltrán era una oportunidad de cambiar de aires. Lo veían como un regalo, pues he de decir que vivíamos francamente bien. Una preciosa casa unifamiliar con un amplio jardín, lejos del ruido de la urbe. Nos habían asignado un automóvil para poder desplazarnos y comenzábamos así una vida nueva.

El espacio de investigación estaba equipado con todos los avances tecnológicos imaginables. Una sala blanca en la que absolutamente todo era estéril, emisores de luz ultravioleta, elementos radioactivos de los que ni siquiera yo había oído hablar…

Trabajábamos de sol a sol, tratando de lograr nuestro objetivo primigenio, devolver los objetos que entraban a su tamaño. No obstante, seguíamos en dique seco. Aunque sí que dimos con algunas características increíbles que se apreciaban en el pequeño mundo de la placa de Petri. El tiempo allí parecía tener sus propias leyes. Inyectamos en un recipiente nuevo organismos unicelulares que se replicaban en décimas de segundo, invadiendo el espacio completo antes de que fuésemos capaces de observar a los que habíamos enviado en primer lugar. Era obvio pues, que el agujero de gusano no era incompatible con la vida, lo que nos llevó a experimentar con seres cada vez más complejos.

Un día, el coronel llegó a laboratorio con un pesado acuario entre sus brazos.

Agujeros de gusano

-Os presento a Xasha, un calamar que he cogido prestado del laboratorio de biología.

Había pasado de comportarse de manera autoritaria a ser un investigador más. Curioso y bien formado en ciencias, proponía experimentos cuya ética en ocasiones podría ser reprochable, pero nada demasiado oscuro para que ni Elisa ni yo nos negásemos a hacerlo.

Xasha pasó por el agujero de gusano y entró a formar parte del ecosistema de la nueva placa con un medio de cultivo acuoso. De vez en cuando le echaba alimentos para que no muriese de inanición y la ponía bajo el microscopio para ver cómo se comportaba. Era como si estuviese en su propio océano gigantesco, nadando en libertad.

A partir de aquel día comenzamos a introducir animales acuáticos cada vez más complejos. Un pulpo, peces de todo tipo de especies y características. Cuando nos cansamos de los seres acuáticos nos propusimos crear un continente. El problema era que nos resultaría harto complicado hacer que miles de millones de toneladas de roca y tierra atravesasen el portal. Por suerte dimos con la solución. Variando la intensidad del láser, el efecto de miniaturización era diferente. Cuanta más potencia, más grandes reaparecían los objetos, de modo que llevamos a cabo el experimento con toda la seguridad que un cuerpo militarizado nos podía ofrecer e introdujimos un poco de tierra, que al pasar al otro lado se convirtió en una enorme isla que cubría buena parte de la placa. Así, los experimentos pasaron a contemplar animales terrestres, insectos y todo lo que se nos ocurrió. Llegamos a generar un ecosistema que se sostenía de manera autónoma. Depredadores, presas, vegetación…, habíamos fabricado un mundo en miniatura y nos creíamos dioses. Como si todo aquello que habíamos encogido fuese nuestro, como si aquel mundo diminuto se hubiese convertido en nuestra propiedad. Cada vez nos centrábamos más en el trabajo. A penas pasaba noches en casa y Clara ya estaba a punto de dar a luz. Pero no podía dejar de pensar en aquel pequeño mundo y en cómo sus habitantes se comportaban. Lo observaba a través del microscopio día tras día, hora tras hora, hasta que comencé a considerar que aquel diminuto universo era más hogar que el que me rodeaba en el mundo real.

Con el paso de los días los experimentos requerían de más inversión y planificación. Hasta que un martes cualquiera se me ocurrió la feliz idea de disparar una honda de lo que los científicos llaman rayos X. Un haz de luz con una frecuencia muy alta, hacia la piedra.

De alguna manera, el tiempo en la placa de Petri se aceleró muchísimo. Lo que para mí solo habían sido unos segundos, en aquel mundo se transformó en milenios, pues pude comprobar cómo la vegetación había invadido el continente y los animales habían proliferado hasta puntos insospechados. La vida allí dentro había seguido su curso. Los animales que inoculados ya estaban muertos y su progenie poblaba aquella tierra sin ser conscientes de que fuera existía otro universo mucho mayor.

-¿Qué has hecho?, ¿cómo ha pasado esto?

Le expliqué a Elisa el proceso y fue como si le hubiese dado la mejor noticia de su vida. Comenzó a dar vueltas por el laboratorio charlando consigo misma, rebatiéndose sus propias hipótesis hasta que llegó a una conclusión.

-¿No te das cuenta?, podemos revolucionar la biología. Podemos conocer los detalles de cómo surgió la vida en nuestro planeta. El Nobel vuelve a estar a nuestro alcance, pero esta vez tenemos que hacerlo bien. Indagar y anotar todo en un experimento lo más riguroso que podamos. Dispararemos los rayos X en fracciones de tiempo a convenir y cotejaremos los resultados.

-Perfecto, ¿cuándo empezamos? -Dije.

-¡Ya!

La voz del coronel salió por un pequeño altavoz instalado en una esquina del techo. Nos estaban vigilando constantemente y nosotros ni siquiera nos habíamos dado cuenta.

-Me voy a olvidar convenientemente de la parte en la que pretendían ocultarme el hallazgo. Quiero este experimento en marcha ahora mismo. No sé para qué le puede servir a las fuerzas armadas, pero ese no es mi problema. Espero las conclusiones mañana en mi mesa.

Bastaron dos gotas de sangre, una mía y otra de Elisa. Veinte horas de exposición del cristal a los rayos X hicieron que la vida, no me pregunten cómo, pues soy consciente de que esto tampoco tiene base científica, se abriese camino en nuestro diminuto mundo. Toda la historia de la evolución había pasado ante nuestros ojos. Hasta el punto en que, en aquella tierra que habíamos creado, convivían diminutos seres humanos con multitud de especies animales, cuyos ancestros eran los que habíamos hecho atravesar el agujero de gusano en un principio. Aquellos homos sapiens replicados se habían desarrollado exactamente igual que nuestra especie, pasando por todos los estadios anteriores hasta poblar todo el espacio de que disponían.

Tuvimos la inmensa suerte de haber podido observar algo que nadie en este mundo había documentado antes. Cómo los ancestros de los seres humanos cambiaban de forma poco a poco, para dar lugar a personas con una apariencia física exactamente igual a la de cualquier habitante actual de nuestro planeta. Construyeron ciudades,

explotaciones agrarias, instauraron un comercio…
En aquel momento ya no teníamos la menor duda
de que éramos sus dioses, los creadores de todo su
mundo, los artífices de su vida.

Pasamos días observando y documentando a
través del microscopio y las implicaciones éticas
de lo que habíamos hecho, empezaron a
producirme auténticos dolores de cabeza. Estaba
claro que, a pesar de ser diminutas, aquellas
personas tenían su propia vida, sus problemas, sus
anhelos. Añadir cualquier variable podría significar
la destrucción del mundo que conocían y no podía
soportar la ansiedad. Apenas lograba dormir
pensando en qué barbaridad el ejército nos
obligaría a hacer en aquel entorno, cuando mis
peores miedos se cumplieron. Cierto día se nos
encargó algo tremendamente inhumano. Algo que
aún, a día de hoy me revuelve las tripas de solo
pensarlo.

Los militares querían aprovechar aquella civilización tan maravillosa, que se desarrollaba ajena al mundo exterior, para probar armas químicas y biológicas. Tenían un virus modificado genéticamente para acabar con la población de un país enemigo en pocas horas. Atrocidades tan perversas que ni siquiera soy capaz de escribirlas en estas líneas. Así que tomé una decisión. No podía permanecer impasible ante tamaña crueldad, de modo que una mañana fui antes al trabajo. Tenía la intención de robar la placa de Petri y esconderla en algún agujero tan oculto que nadie fuese capaz de localizarlo jamás.

Aquel día yo estaba ausente. El desayuno familiar transcurría a mi alrededor como si estuviese aislado en el interior de una burbuja y no pudiese percibir con claridad la conversación. Estaba tan absorto en mis pensamientos, que no me di cuenta de que mi hijo me estaba pidiendo que lo llevase al colegio, porque había perdido el autobús y le contesté que sí, sin saber a qué estaba accediendo.

Beltrán se sentó en el asiento trasero sin que llegase a darme cuenta. Estaba entretenido leyendo un tebeo mientras yo, distraído, me encaminaba hacia el laboratorio. No fue hasta estar en el aparcamiento del complejo cuando me percaté de su presencia.

-Pero hijo, ¿qué haces aquí?

-Dijiste que me llevabas al cole, papá.

-¿De verdad? Perdona Beltrán, ando con mil cosas en la cabeza. Anda vamos al laboratorio a ver si puedo llamar a tu madre.

El pequeño jugaba y correteaba de un lado a otro, con curiosidad. Todavía cargaba con el dichoso cómic en una mano mientras tocaba todos y cada uno de los equipos con la otra, a pesar de mis continuas broncas. De pronto, tropezó cayendo de bruces al suelo. De dentro del tebeo salió volando un pedazo de papel. Se trataba del retrato que me habían hecho en la feria, meses atrás.

-¿Qué haces con eso, hijo?

-Me gusta este dibujo. -Contestó mientras lo volvía a colocar con sumo cuidado entre las páginas centrales de su cómic.

Estaba desatado, preguntaba por la utilidad de los aparatos y sin esperar a que le explicase para qué servían, se iba al otro extremo de la habitación para observar alguna cosa diferente. Al final consiguió exasperarme y le obligué a sentarse en una silla bajo la amenaza de que si se movía un solo centímetro se quedaría sin postre los siguientes dos meses. Un castigo por lo visto, demasiado laxo para él, pues en cuanto me di la vuelta para tratar de contactar con Clara, Beltrán se acercó demasiado al único equipo que entrañaba un riesgo real. Encendió el láser girando el maldito potenciómetro hasta la intensidad máxima, el rayo incidió sobre la piedra de Elisa y se creó un enorme vórtice exactamente igual que el día del accidente en mi antiguo laboratorio.

En cuestión de segundos, mi pequeño de ocho años fue absorbido por el agujero negro y miniaturizado sin que yo tuviese tiempo para reaccionar. Estaba en la placa de Petri rodeado de los minúsculos habitantes de ese mundo, totalmente solo, sin su familia.

No hizo falta más que una fracción de segundo para que me decidiese. Tenía que ir a por Beltrán. No iba a permitir que muriese sin saber dónde estaban su padre y su madre, así que me lancé de cabeza hacia la anomalía.

La oscuridad era tan profunda y el espacio dentro del agujero de gusano, tan inmensamente grande que no era capaz de ver ningún objeto. Únicamente existía la negrura. Sentí cómo mi cuerpo flotaba en el vacío. No podía respirar, pues el aire también estaba siendo succionado y se movía a gran velocidad dentro del túnel, zarandeándome con violencia de un lado a otro. Finalmente, una luz cegadora y caí en el suelo, junto a mi hijo que sollozaba asustado.

-¡Papá!

Me abrazó con fuerza, aliviado. Sus lágrimas me mojaban las mejillas mientras yo trataba de calmarlo para que se separase y así poder observar los alrededores.

-¿Dónde estamos? Quiero volver a casa.

-Tranquilízate Beltrán, déjame ubicarme, hijo.

Agujeros de gusano

Capítulo III

Agujeros de gusano

Aquel mundo era muy distinto al que conocíamos. Nos encontrábamos en un enorme valle. La hierba era de color amarillo y se extendía cientos de metros. No soplaba ni una leve brisa y el calor era asfixiante. En el cielo no se veía una sola luz, pero, aun así, había mucha claridad. Comprendí entonces, que aquel mundo diminuto en mi laboratorio había desarrollado las características climatológicas en base a las condiciones de la estancia en la que estaba la placa e Petri. No veíamos ningún sol porque el punto de luz del laboratorio no estaba a la vista desde la placa. No soplaba viento porque toda posible corriente de aire era eliminada por el mechero Bunsen, lo que causaba también un calor insoportable.

Beltrán gimoteaba aferrado a mis piernas, mientras yo trataba de elaborar un plan para sobrevivir. Era perfectamente consciente del alcance del desastre. A priori no creía que nada nos fuese a intoxicar, ni radiaciones, agua u otros factores de carácter ambiental. Estaba convencido de que hallaríamos la forma de subsistir, pues los habitantes autóctonos lo hacían, pero jamás lograríamos regresar a nuestro mundo, a no ser que Elisa diese con la forma de extraernos.

Comenzamos a caminar. De encontrar refugio y alimento, sería en el bosque que se elevaba al sur. Gigantescos árboles centenarios de gruesos troncos, apiñados entre ellos como sardinas en su ataúd de latón, que nos darían algo de sombra. Allí probablemente encontraríamos lo que necesitásemos, pero me aterrorizaba no saber qué clase de animales encontraríamos.

En voz alta, comencé a recitar qué especies habíamos metido por el agujero de gusano, para hacerme una idea. Eran muchísimas, perros, gatos, caracoles, babosas, chimpancés, vacas, caballos, gorilas…, prácticamente cualquier cosa que el coronel trajera…

Agujeros de gusano

Después de haber disparado los rayos X para forzar el paso acelerado del tiempo, los seres humanos habían alcanzado un nivel evolutivo similar al del mundo del que proveníamos. Los animales, sin embargo, estaban en un estadio superior. Era como si para todos los humanos de la tierra se hubiese paralizado el tiempo en un momento dado y el resto de vida hubiese continuado desarrollándose, así que no tenía ni idea de lo que cabría esperar…

La sombra entre los árboles era reconfortante. A pesar de que la temperatura seguía siendo alta, no estábamos expuestos directamente a la luz.

La abundante fauna se hizo notar nada más poner un pie en la arboleda. Nos recibieron miles de insectos, revoloteando a nuestro alrededor. Parecidos a los mosquitos, aunque de un tamaño muy superior y de color amarillo brillante, similar al de las avispas. Aquello me hizo pensar que quizás podrían ser venenosos, de la misma forma que los insectos terrestres evolucionan para mostrar este tipo de tonos, con el fin de advertir a posibles depredadores de que disponen de veneno para defenderse. En los árboles aves que me recordaron a los pájaros carpinteros, horadaban la corteza de los troncos para confeccionar sus nidos. Emitían graciosos sonidos, que casi se podían confundir con carcajadas humanas, como lo haría una hiena.

Por desconcertante que fuese el paisaje, sabía que debíamos continuar. Juzgué que lo más prudente sería asentarnos cerca de la linde del bosque. No quería que nos adentrásemos de buenas a primeras y correr el riesgo de perdernos o de toparnos con algún habitante más peligroso, de modo que busqué un árbol cuya escalada nos resultase fácil a los dos.

Agujeros de gusano

Al poco tiempo di con uno lo suficientemente grande y con ramas lo bastante bajas como para lograr subir acompañado de Beltrán. Planeaba dejar al chico encaramado a la rama más alta posible y afanarme en buscar alimento y agua lo antes posible. El niño estaba muy nervioso. A pesar de su curiosidad y energía no corría de un lado para otro como en mi laboratorio, sino que permanecía agarrado a mi pantalón. Estaba claro que intuía que nos habíamos metido en un embrollo de gran magnitud. Percibía mi nerviosismo y se negaba a dejarme ni un solo instante.

Subimos al árbol. Una vez arriba se relajó, pues parecía un lugar seguro y yo decidí invertir un tiempo en normalizar la situación lo máximo posible, para poder dejarlo allí sin que sufriese un ataque de pánico.

-¿Qué pasa papá?, ¿dónde estamos?

-Hijo, estamos en mi experimento. Cuando encendiste el aparato entramos por un túnel a un mundo diminuto que está al otro lado de lo que tiraba de nosotros, ¿te acuerdas?

-¿Cómo Alicia en el país de las maravillas?, ¿vamos a ver al conejo blanco?

-No exactamente, cariño.

No puede evitar sonreír. Beltrán era un niño muy inocente y noble. Derrochaba energía y siempre estaba contento, jugando, leyendo y riendo. La viva imagen de su madre.

-Papá, ¿cuándo volvemos a casa?

-Es posible que tengamos que pasar unos días aquí. No tengo muy claro el camino de vuelta, pero no pasa nada. Será como ir de acampada. ¿Te acuerdas de cuando fuimos de acampada con mamá?

-Si, pero aquí no tenemos tienda de campaña.

-Ya fabricaremos una. Tu papá es un experto campista. ¡Ya verás cómo nos divertimos!

Aquello no acababa de convencer al niño. Me miraba con cara de no comprender muy bien todos los detalles, pero estaba claro que intuía que algo iba mal.

-Tienes que quedarte aquí solito un rato, ¿vale? -Dije finalmente.

-¿Solito? ¡No, no quiero! ¿Por qué tengo que quedarme solo?, ¿no puedo ir contigo?, ¿qué vas a hacer?

-Cariño, serán unos minutos, mientras busco madera y algo de comer. No sé qué animales hay por aquí y no quiero que te pase nada malo, ¿lo entiendes?

Volvió a asentir a regañadientes. Me disponía a bajar para explorar el terreno cuando algo pasó silbando junto a mi oreja. Al girarme pude ver una flecha artesanal clavada en el tronco del árbol. ¡Alguien nos había disparado!

-¿Quiénes sois?

Miré hacia abajo, en busca de la persona que nos interrogaba a gritos. Se trataba de una voz aguda, seguramente de una mujer o niño. No localizaba la fuente, debía estar muy bien escondida.

-¡He preguntado que quiénes sois!

En esa ocasión sí que identifiqué la procedencia. No venía del suelo sino de uno de los árboles adyacentes.

-¡Nos hemos perdido! ¡No queremos hacer daño a nadie!

-¡Esas ropas no son normales! ¿A caso sois de más allá del mar?

Agujeros de gusano

Sabía que la explicación real sería mucho más difícil de comprender que la realidad, de modo que asentí. Al instante se posó en nuestra rama, con suma habilidad, una niña de unos trece años. Iba vestida con pieles curtidas y atadas a su hombro izquierdo. En los pies, unas sandalias confeccionadas con la misma piel y atadas con muchas vueltas de una cinta de cuero muy larga, que le llegaba casi hasta las rodillas.

-Nunca había visto a nadie de más allá del mar.

Nos observaba con curiosidad, mientras Beltrán se escondía detrás de mí, como si aquella adolescente fuera el mismo diablo.

-¿Cómo es que hablamos el mismo idioma?

Sabía que aquella muchacha no iba a ser capaz de contestar a mi pregunta, pero la hice en voz alta de todos modos. Ella se encogió de hombros mientras seguía escudriñándonos.

-¿Y a dónde vais? – Preguntó al fin.

Antes de que pudiese contestar con alguna mentira improvisada sobre la marcha, otras dos flechas se clavaron justo bajo nuestros pies.

-¡Apártate de ellos! ¡Sal de ahí!

Dos hombres corrían hacia nuestra posición al tiempo que sacaban sendas flechas de sus carcajes. Disparaban ráfagas de aviso muy cerca de nosotros, a pesar del riesgo manifiesto de darle a la niña, que obviamente debía pertenecer a la misma comunidad que ellos.

La chica se alejó de un salto, desapareciendo entre el follaje.

-¿Quiénes sois? ¿Qué queréis?

Aquellos dos indígenas no se mostraron tan amigables y curiosos como su congénere. Nos apuntaban desde una distancia de unos cinco metros y viendo la puntería que habían demostrado al clavar aquellas flechas en la rama en plena carrera, no me cabía ninguna duda de que nos ensartarían sin el menor esfuerzo.

-¡No buscamos problemas! ¡Solo nos hemos perdido! -Contesté con las manos en alto.

-¡Bajad despacito y sin hacer nada raro!

Obedecimos al instante. Beltrán no quería salir de su escondite tras mis piernas, pero me bastó una mirada para hacerle comprender que debíamos acatar las órdenes de aquella gente y él, temblando de puro miedo me soltó, con los ojos encharcados en lágrimas. Descendimos lentamente, tratando de no hacer movimientos bruscos y nos quedamos de pie junto al árbol, mientras aquellos hombres cuchicheaban sin destensar las cuerdas de sus arcos. Beltrán lloraba en silencio, apretaba mi mano con toda la fuerza que es capaz de desarrollar un niño de su edad, mientras yo me afanaba en buscar las palabras adecuadas.

-¿De dónde sois? – Preguntaron por fin.

-Hemos venido de más allá del mar. -Decidí continuar con la explicación de la niña, pues me parecía lo más plausible.

-¿Quién os manda? ¿Venís de avanzadilla? ¿Vuestro rey planea invadir el continente?

-No sabemos nada de ninguna invasión, hemos naufragado hace ya un tiempo y nos hemos ido moviendo en busca de alimento, pues no sabemos volver a casa.

Yo trataba de inventar respuestas lo más coherentes posible y que al tiempo, no pudiesen desembocar en una sospecha por parte de los soldados, que no estaban por la labor de confiar en foráneos. Ya habían decidido que un padre y su hijo que se escondían en un árbol debían ser, por fuerza, enemigos.

Agujeros de gusano

-¡Mientes! ¡Sois espías! ¡Solo nos traeréis la ruina!

-¡Mejor matarlos y se acabó el problema!

Discutían, qué hacer con sus presas, como los trols que capturaron a los hobbits en mitad del bosque y pasaron debatiendo cómo devorarlos, hasta que despuntó el alba y terminaron sus días convertidos en estatuas de piedra.

Entonces, una flecha escapó sin querer de entre los dedos de uno de nuestros captores y voló hacia nosotros. Me rasgó la ropa a la altura el hombro, causándome un arañazo que, si bien no era gran cosa, sangraba escandalosamente. Al verlo, Beltrán no pudo aguantar más y rompió a llorar ruidosamente, lo que puso a los soldados aún más nerviosos.

-¡Haz que el niño se calle u os ejecuto a los dos ahora mismo! -Amenazó uno de ellos.

La cosa pintaba mal para nosotros. La tensión en el ambiente hacía que cada movimiento pudiese desencadenar un ataque potencialmente mortal, cuando una luz extremadamente brillante nos cegó.

Justo detrás de los arqueros comenzó a formarse un agujero blanco, exactamente igual que el de mi laboratorio. De él emergía una figura que se iba haciendo cada vez más grande. La silueta de un hombre que se formó dentro de la luz, que refulgió hasta que el negro contorno en su interior alcanzó el tamaño natural de una persona. Entonces se apagó y en su lugar pude ver a un anciano, de larga barba gris y vestido con una túnica negra, que nos miraba atónito, como si no comprendiese qué le había pasado.

Al cabo de unos segundos alzó su bastón y mirando a las dos personas que nos mantenían en jaque, gritó.

Agujeros de gusano

-¡Marchaos de aquí, filibusteros! ¡Dejad en paz a este buen hombre y su hijo, pues son amigos de Vidmar!

-¿Y quién se supone que es Vidmar? -Replicaron.

-¡Poco os importa! ¡Pero sabed que puedo destruiros con mi magia! ¡Ya habéis visto que sé aparecer de la nada!

Los soldados dudaron un momento, hasta que un soberbio golpe del bastón del recién llegado contra el suelo hizo que salieran huyendo lejos de allí. Dejándonos a Beltrán y a mí frente a aquel individuo del que no sabíamos qué esperar.

-¡Qué feliz estoy de verle, majestad!, disculpe mi ignorancia pero, ¿cómo ha llegado hasta aquí?

¿Majestad?, no tenía ni la más remota idea de con quién me estaba confundiendo ni de cómo actuar al respecto, de modo que decidí no arriesgarme con la mentira y tratar de aclarar la situación, pues seguramente no sería capaz de sostener tamaña trola.

-Disculpe, caballero. No sé con quién me está confundiendo, no soy rey de ningún sitio.

-No hay confusión posible. -Contestó- Es usted Paco Cabrales, rey de Vidmar, señor de la Casa Blanca de las Babosas gigantes.

Había acertado con mi nombre. ¿Qué probabilidades habría?

-Me llamo Paco Cabrales, si… Sin embargo, estoy seguro de que no soy…

-Aún no lo sabe porque probablemente aún no haya pasado. Verá, yo vengo de un futuro bastante distante y sé que los acontecimientos venideros harán que sea usted el Rey de Vidmar.

Agujeros de gusano

-Disculpe, ¿acaba de decir que ha viajado a través del tiempo? -A penas pude aguantar la risa.

-Sí, majestad. Le prometo que le explicaré todo a su debido momento. Ahora debemos irnos. Los soldados volverán pronto, en mayor número y mis trucos no servirán para amedrentarlos.

Tal y como acababa de advertir, oíamos voces en la lejanía. El viejo nos guiaba con pericia entre la arboleda, como si conociese el bosque a la perfección. La densidad del follaje hacía que fuese cada vez más oscuro pues, en el corazón del bosque, apenas llegaba la luz hasta el suelo. Tuvimos que ralentizar nuestro ritmo para no caer de bruces al tropezar con alguna de las múltiples ramas y raíces que se acumulaban en el firme.

-Ahora no hagáis ruido. Por aquí puede haber "moncros" salvajes.

Estuve tentado de preguntar qué diantres era un "moncro", pero lo juzgué inoportuno, dada la premura de la huida.

Con sumo cuidado, atravesamos la zona peligrosa sin incidencias. Ya no escuchábamos a nuestros perseguidores, de modo que nos relajamos y continuamos acompañando al viejo, que no decía una sola palabra.

-Ya no nos siguen. -Traté de romper el hielo.

-Nunca se atreverían a internarse a pie en el Bosque Negro. Son salvajes, pero no idiotas.

-¿Y qué diferencia hay para nosotros?

-Pues, tampoco somos idiotas. Por desgracia, estamos desesperados.

El viejo se volteó para sonreírme.

-¿A dónde vamos? -Beltrán se me adelantó al hacer la única pregunta que se me pasaba por la cabeza en aquel momento.

-Como os he contado, vengo del futuro. No tengo muy claro de cuánto tiempo he viajado hacia atrás, pero calculo que unos treinta años. En ese futuro del que yo provengo, este bosque linda con el palacio de la Casa Blanca de las Babosas Gigantes, donde mis padres adoptivos me criaron, o más bien, me criarán.

-Entiendo…   -Contesté únicamente para rellenar el silencio.

- Mi padre, ósea tú, Paco, me enseñó una cueva en una de nuestras excursiones por esta zona.

-¿Insinúas que yo soy tu padre adoptivo?

-Más bien lo serás. No tengo muy claro en qué momento ni cómo llegaremos a ese punto, pues mi infancia tendrá lugar dentro de aproximadamente sesenta años.

-Pero acabas de decir que has viajado hacia atrás solo treinta años.

-Es complicado, en realidad he viajado varias veces. Calculo que el último salto que he dado será de unos treinta años, por eso te lo he dicho. Ya estamos llegando. Te lo contaré todo en la cueva.

No me dio tiempo a contestar. De repente un enorme gorila blanco, más antropomórfico que ninguna de las especies de simios que yo conocía, se plantó justo delante nuestras narices. Tenía el pecho hinchado para parecer más grande de lo que era y chillaba con mucha fuerza, casi como si quisiese vocalizar la advertencia de que no se nos ocurriese acercarnos más.

El viejo se aproximaba despacio. Llevaba su mano derecha extendida con la palma hacia arriba, lo que hizo que la bestia dudara un instante. Emitía sonidos sedantes. Estaba claro que trataba de calmarlo para que no nos agrediese y parecía que sabía a la perfección lo que estaba haciendo.

En cuestión de segundos, el enorme gorila estaba acariciando la barba del viejo con una expresión de bobalicón en el rostro.

Visto de cerca parecía más un antepasado del propio ser humano que un simio. A pesar de tener la frente estrecha y la mandíbula prominente, era capaz de articular sonidos complejos y tenía un lenguaje corporal muy elaborado. Miraba al anciano como si fuese un amigo, alguien con quien poder jugar y retozar en lugar de, como hacía unos minutos, un enemigo potencialmente mortal.

-No os hará nada. Me gusta este sitio precisamente porque la presencia de estos animales aleja a los fisgones. No hay mucha gente que sepa cómo tranquilizarlos. Por lo menos en esta época.

Avanzamos, procurando no acercarnos demasiado al "moncro". A pesar de lo que había dicho el viejo, no estaba muy seguro de que, en cuanto sobrepasáramos la distancia de seguridad que todo animal salvaje marca a su alrededor, no se nos echaría al cuello para defender su territorio. Frente a nosotros una pequeña cueva en la ladera de una colina. La entrada estaba totalmente oculta entre la vegetación, pero aun así el viejo no tardó mucho en localizarla. La caverna era oscura, húmeda y el techo no dejaba demasiado espacio para caminar erguidos, de modo que avanzamos encorvados. Todos excepto Beltrán que paseaba libremente por el espacio, dada su envergadura. A los pocos metros se ensanchaba, dando lugar a una galería iluminada por la claridad que se filtraba por dos pequeñas gritas en el techo.

El viejo se sentó pesadamente, dejando escapar un gemido de cansancio.

-Sentaos por favor. Os contaré todo lo que sé.

Beltrán se apresuró a hacerse con un puesto en la roca más elevada que pudo encontrar en la caverna. En el movimiento, el cómic que aún llevaba en el bolsillo trasero de su pantalón cayó al suelo, dejando que la hoja mi retrato, que el niño guardaba en el interior, planease hasta los pies del viejo.

-No lo puedo creer. Así que de aquí salía el retrato del Rey que descansa sobre al altar del palacio.

Capítulo IV

Agujeros de gusano

Clara corría por el pasillo del complejo militar en el que estaba encuadrado mi laboratorio. Los trabajadores del centro la miraban como si estuviese loca, pues avanzaba al trote, al tiempo que sujetaba su incipiente barriga de embarazada, jadeando como si llevase recorrido medio maratón. Preguntaba una y otra vez dónde estaban su marido y su hijo, sin molestarse en aclarar los nombres de las personas a las que buscaba, dando por hecho que todos allí debían conocerme.

De pronto, tropezó con su propio pie, víctima del nerviosismo y calló de rodillas en el pulido suelo de la zona de visitas. Las lágrimas le resbalaban por la cara y se estrellaban contra las brillantes plaquetas, arruinando la imagen pulcra del lugar.

-Señorita, ¿puedo ayudarle en algo?

Al ver a una mujer en avanzado estado de gestación arrodillada, las alarmas de cualquier soldado que se precie se activan inmediatamente y en cuestión de segundos, más de una docena de trabajadores del centro la rodeaban con intención de socorrerla.

-Estoy buscando a mi marido, Paco Cabrales. Esta mañana se llevó a nuestro hijo Beltrán al colegio y cuando he ido a recogerlo, me han dicho que no había ido a clase. Después he llamado a este centro por teléfono y me han dicho que Paco no ha firmado el formulario de salida y que ha entrado acompañado de un niño. Les ha tenido que pasar algo malo, mi Paco no acostumbra a hacer cosas como esta. No desaparecería sin avisarme primero.

-¿Ha dicho Paco Cabrales?

Elisa se acercaba, alzando la voz para indicar a los soldados se apartasen de Clara.

-Dejadme hablar con ella, Paco es mi compañero de laboratorio.

Agujeros de gusano

Las dos mujeres se miraron a los ojos y rompieron a llorar al instante. Clara no sabía qué era exactamente, pero la expresión de Elisa bastó para que comprendiese que algo horrible había ocurrido aquella mañana.

La científica acompañó a mi mujer hasta el laboratorio. Todo estaba tal cual lo habíamos dejado tras el accidente. Únicamente había apagado el láser para que el agujero negro dejase de destruir todo a su alrededor y poder así, preservar cualquier prueba que pudiese ayudar a aclarar las cosas.

-Esta mañana ha ocurrido una incidencia. - Informó la investigadora. - No estaba segura del alcance hasta que ha llegado usted al centro preguntando por Paco y su hijo y me he dado cuenta de qué ha podido pasar. Será mejor que se siente.

Elisa explicó con todo lujo de detalle, los por menores de nuestra investigación y cómo sospechaba que habíamos acabado dentro del experimento. Aunque no había modo alguno de asegurarse, era la explicación más lógica, a juzgar por el estado del laboratorio y las pertenencias que habíamos dejado Beltrán y yo. La chaqueta del niño y mi abrigo estaban aún colgados en el perchero de la entrada. Mi vaso de café estaba en el suelo, sobre una enorme mancha marrón. Mis apuntes y todo lo demás habían sufrido las consecuencias de abrir el agujero de gusano con demasiada intensidad. Parecía evidente que tanto Beltrán como yo estábamos presentes durante el accidente, con lo que ambas dedujeron que debíamos estar en la placa de Petri, convertidos en dos personas microscópicas tratando de sobrevivir en un mundo que nos era totalmente ajeno.

-¿Cómo los sacamos? ¡Quiero a mi marido y a mi hijo de vuelta! Por favor, sácalos ya de ahí.

-No es tan sencillo, Clara. No tenemos ni la más remota idea de cómo extraer nada que haya pasado por el túnel, ni de cómo hacer que recupere su estado anterior.

-Entonces, ¿se van a quedar ahí para siempre?

-No te voy a mentir. Es muy probable. De hecho, ni siquiera sabemos si ya es demasiado tarde. El tiempo ahí dentro transcurre a un ritmo desconocido para nosotros. Lo que en el exterior son solo unas horas, pueden ser años en la placa. Incluso podría ser que ya hubiesen…

-¡Están vivos! ¡Sé que están vivos! ¡Ni se te ocurra sugerir lo contrario!

-Está bien, yo también lo creo. Pero estamos en un callejón sin salida. Si alguna de las dos entra se quedará atrapada con ellos.

-Entonces envíame allí. Prefiero vivir en un mundo desconocido con mi marido a morirme aquí sola.

-No es tan sencillo…

-¡Joder!, ¡nada es sencillo! ¡Simplemente, enciende este chisme y déjame que atraviese el maldito túnel!

-Tengo que hacer pruebas primero, Clara. No sabemos si la placa de Petri se ha movido. Podrías caer en mitad del medio de cultivo y morir ahogada o de inanición. Por favor, sería un suicidio.

-¡Pues empieza de una vez! ¡Has dicho que el tiempo dentro pasa más rápido! ¡Maldita sea, date prisa! Quiero ver crecer a mi hijo.

Clara cerró la puerta del laboratorio con tanta fuerza que hizo retemblar toda la estructura que separaba la estancia del pasillo. Incluso, el yeso en el que estaba incrustado el marco se desquebrajó en forma de pequeñas partículas blanquecinas, que manchaban la chaqueta de mi esposa. Estaba furiosa. Daba vueltas de un lado a otro encendiendo aún más su ira a cada segundo de espera. Trataba de aferrarse a la esperanza. Imaginó más de un millón de escenas en las que atravesaría un supuesto túnel de luz y aparecería a nuestro lado, que la estaríamos esperando con los brazos abiertos. Reprimía cualquier tipo de pensamiento negativo, repitiéndose a sí misma como un mantra: "todo va a salir bien".

Finalmente, tras horas de espera, Elisa salió al pasillo.

-He hecho pasar varios objetos y por suerte los he localizado encima de lo que podemos denominar el sur del continente. De modo que, si entras, estoy segura de que caerás en tierra firme.

En cualquier caso, en tu estado no sé si será buena idea. ¿Qué pasa si se te adelanta el parto?

-Lo raro es que no esté pariendo ahora mismo, maldita sea. ¡Vamos allá! ¡Cada segundo cuenta!

-Por favor, señora. No haga usted locuras.

El coronel apareció justo en el momento decisivo. Clara ya tenía medio pie en la estancia cuando aquel hombre la detuvo.

-No puedo permitir que arriesgue usted su vida. Comprendo la desesperación por la que debe estar pasando, pero no me lo perdonaría jamás. ¿Lo comprende?

-¿Quién diantres es usted? ¿Y qué sabe de mi desesperación? ¡Voy a ir a buscar a mi marido y a mi hijo, diga lo que diga!

-Soy el coronel Prado, para servirla. Lo lamento muchísimo, pero si persiste en esta locura tendré que mandarla arrestar por su propio bien.

Clara se dio cuenta de que, si trataba de enfrentarse al coronel, lo único que conseguiría sería que el hombre cumpliese su amenaza, de modo que fingió obedecer.

-¿Entonces cómo planea rescatar a mi marido, coronel?

-Señora. Hay veces en la vida en las que hay que aceptar los hechos. Sé que es duro. Sé que sufrirá durante un tiempo. Pero los riesgos no merecen la pena. Por favor hágame caso.

Clara empezó a llorar escandalosamente. Debía mantener la farsa, pues planeaba colarse en el laboratorio a la menor oportunidad.

-No se preocupe, el ejército no la dejará tirada. Cobrará el sueldo de su marido y vivirá en la casa que le fue asignada. Podrá criar al bebé que lleva en su interior sin que le falte absolutamente de nada.

El coronel pasó su brazo por encima del hombro de Clara, para guiarla hacia la salida. Ella no se resistió. Pretendía parecer sumisa, dar la sensación de que, finalmente se había rendido y había aceptado la pérdida. Nada más lejos de la realidad.

Ya se encontraban en el exterior, cuando el coronel se despidió de mi mujer. Ella se había quedado en la entrada principal, a la espera de que llegase el coche que el oficial le había prometido para llevarla a casa. Miraba su reloj de muñeca una y otra vez. Tratando de calcular el tiempo que había desperdiciado en aquella pantomima.

De pronto, un automóvil dobló la esquina. Clara dio unos pasos hacia atrás, tratando de hacer ver que la cosa no iba con ella. Con suerte pasaría de largo y no tendría que irse a ningún sitio, pero avanzaba directamente hacia su posición.

Presa del pánico quiso correr hacia el interior. Volvió a tropezar. El volumen que había adquirido en las últimas semanas le resultaba harto incómodo. A penas lograba moverse, mucho menos emprender una huida con la agilidad necesaria para librarse de un coche conducido por un soldado al que le habían ordenado expresamente que la llevase a su casa.

Entonces se detuvo justo frente a ella. La puerta del piloto se abrió lentamente y del interior emergió una figura que no se esperaba. Elisa había venido a recogerla. ¡Maldita traidora! Unos minutos antes estaba dispuesta a mandarla al lugar en el que se habían perdido sus seres queridos y al rato parecía dispuesta a obedecer a pies juntillas al maldito coronel.

-Monta, entraremos por detrás.

Al oír aquello, Clara se apresuró a meterse en el asiento del copiloto, a percatarse de su error.

-No pensarás llevarme a casa, ¿verdad?

-¿Serviría de algo?

-Esta misma noche estaría aquí de nuevo. Creo que será mejor que me ayudes a entrar para que no me mate en el intento.

Una sonrisa cínica de Clara tras aquella frase. La última que ninguna de las dos dijo hasta estar frente a la máquina.

El ambiente estaba tranquilo. Nadie transitaba por el pasillo adyacente al laboratorio. Elisa se afanaba en ultimar los detalles para la entrada de mi mujer.

-¿Estás segura de lo que vas a hacer?

-No tengo más remedio, Elisa.

-Por favor, cuéntale a Paco que estoy trabajando sin descanso para sacaros de ahí. Lo harás, ¿verdad?

-Claro que sí. Será lo primero que le diga en cuanto le encuentre.

Las dos se fundieron en un abrazo, justo antes de que la científica encendiese el láser. Como siempre, se generó túnel entre los dos agujeros, el blanco y el negro, que aparecían cada vez que el láser tocaba la piedra.

-¡Lo sabía!

La vos del coronel resonó en la estancia, dejándose oír por encima del silbante viento que generaba el aire de nuestro alrededor entrando violentamente en la anomalía. Nos había descubierto, otra vez.

-¡Joder! ¿Usted nunca duerme? -replicó Elisa, contrariada por haber sido descubierta.

La calva cabezota del militar asomaba por un ventanuco en lo alto de la puerta, que estaba cerrada con llave. Enseguida dejaron de verle la cara y el picaporte comenzó a girar con violencia, sin lograr abrir.

-¡Llévate esto!

Elisa cogió la piedra sin pensarlo demasiado y por suerte, el túnel permaneció abierto a pesar de faltar la antimateria que, por lo visto solo era necesaria para iniciar el proceso. Se la entregó a Clara y la empujó violentamente hacia el agujero negro, que la tragó justo en el instante en que el coronel derribaba la endeble puerta de una patada.

Clara desapareció envuelta en un halo de luz, transformándose en una persona microscópica, que caería en algún punto del continente que habían creado dentro de la placa de Petri.

-¡Maldita sea Elisa! ¿Qué has hecho?

-¿No lo entiende, coronel? No iba a dejar que inoculase ningún virus dentro de mi pequeño mundo. Independientemente de que esta mujer logre encontrar a Paco o muera en el intento, ahora lleva consigo la piedra y usted no podrá destruir mi mundo.

-¡Joder Elisa! ¡Iba a dejar que tratases de fabricar otro en otra placa! ¿Crees que soy un monstruo?

La investigadora permaneció en silencio. No esperaba aquella respuesta, pues estaba segura de que aquel hombre era un ser desalmado al que solo le interesaban los avances de carácter militar. Por desgracia, la revelación de sus verdaderas intenciones había llegado demasiado tarde.

Capítulo V

Agujeros de gusano

Clara aterrizó en la arena de una enorme playa. Tan grande que no era capaz de localizar el final a simple vista. La tierra se juntaba con el mar a lo largo de muchos kilómetros y las olas rompían rítmicamente, haciendo que el sonido pareciese una atronadora, pero pegadiza música de baile. El viaje no le había sentado bien. Notaba severas molestias en el vientre, como si le dieran cólicos abdominales cada poco tiempo.

-Ahora no….

La mujer sabía perfectamente qué significaban aquellas presiones en la barriga; se había puesto de parto nada más llegar, justo como Elisa temía. Caminó hacia el continente, con idea de alejarse de la arena, pues no se le antojaba el lugar más oportuno para parir. Miraba hacia los árboles, de color marrón oscuro, con idea de aferrarse al tronco más robusto que pudiese encontrar cuando llegase el momento de comenzar a empujar como lo harían las mujeres de un pasado remoto.

Solo unos pasos más. La linde del bosque se erguía a unos pasos de distancia. El calor le resultaba insoportable. Tanto que comenzó a notar que se le nublaba la vista y cada movimiento exigía un esfuerzo fuera de lo normal. Entonces, sus piernas dejaron de responder y el mundo se desplazó hacia arriba al tiempo que su cuerpo perdía la capacidad de sostenerse. Todo se volvió negro durante un instante hasta que unas palmadas en su mejilla la obligaron a recuperar la consciencia.

-¡Despierta por favor!

-¿Quién eres? ¿Dónde estoy?

Clara volvió en sí muy desorientada. Estaba tumbada dentro de una cabaña de madera. Únicamente podía ver un techo artesanal hecho de palos y paja que parecía enfocarse y perder nitidez de manera cíclica, coincidiendo con los latidos de su corazón, que retumbaban dentro de su cabeza como si alguien estuviese tocando un enorme bombo dentro de ella.

-Me llamo Ainara. Estás en mi casa. Escucha, el bebé está a punto de llegar, así que necesito que empieces a empujar.

Aquella mujer la miraba fijamente con cara de suma preocupación, lo que logró que Clara se recompusiese al instante. Se trataba de una anciana, con la piel arrugada y desgastada por el sol. Su pelo era largo, gris y lo llevaba atado en una cola de caballo que rebotaba arriba y abajo mientras se afanaba en preparar el parto. Le sonreía evidenciando la falta de la mayoría de las piezas de la mandíbula inferior y estaba sucia, como si llevara todo el día trabajando en el campo.

-Ahora debes empujar, cariño. Está a punto de salir.

La matrona ceceaba ligeramente y cada vez que pronunciaba alguna consonante fricativa dejaba escapar un pequeño chorro de baba, que impactaba directamente en la cara de cualquiera que fuese su interlocutor. En cualquier orto momento, aquel hecho hubiese asqueado a mi mujer tanto que habría salido huyendo sin decir ni una sola palabra, pero la situación la obligó a obviar los escupitajos esporádicos y dejarse hacer sin poner impedimentos.

El parto duró muy poco. En unos minutos el bebé ya había salido y Clara se encontraba derrotada. A pesar de ello extendió los brazos deseando coger a su retoño por primera vez.

-Es una niña preciosa.

La recibió con lágrimas en los ojos y la abrazó con sumo cuidado, acomodándola entre sus pechos, mientras la recién nacida se movía temblorosa en busca del calor de su madre.

-¿Cómo la vas a llamar? – Preguntó la anciana.

-Se llama Clara, como yo.

En cuanto informó del nombre de su hija, se quedó dormida, segura de que aquella desconocida la cuidaría como si se tratase de su nieta. Si no hubiera sido por la generosidad de aquella mujer, seguramente madre e hija habrían muerto en el parto, pero la providencia quiso que una anciana llena de bondad asistiera a mi mujer en el nacimiento de nuestra hija.

Al despertar, Clara miró hacia un lado. Su bebé estaba junto a ella, en una cuna de madera fabricada con destreza. A pesar de tratarse de una artesanía hecha con materiales sin tratamientos industriales como los que se veían en el mundo real, se notaba el mimo en la ornamentación tallada a mano y la comodidad de un mueble sobre el que probablemente habrían descansado muchos niños y niñas antes que nuestra hija. Dormía como una bendita sin emitir prácticamente ningún ruido. La ansiedad que le creó el no escuchar la respiración de la niña, hizo que la madre se incorporase de golpe y pese al mareo que aquel gesto tan impulsivo le provocó, la cogió en brazos para asegurarse de que seguía con vida.

-Está perfectamente. Es una niña muy fuerte.

Una voz informaba del estado de las pacientes desde el marco de la puerta. Se trataba de la misma mujer que la había asistido en el parto, que las observaba con ternura tratando de no interferir.

-Ainara. Antes dijo que se llamaba Ainara. ¿Dónde estoy?

-Mi niña, estas en la Aldea de la Playa. ¿De dónde vienes? Nunca había visto ropas como las tuyas.

-Vengo de muy lejos. -recordó de golpe todo lo ocurrido. – Tengo que ir a buscar a mi marido.

Trató de levantarse, moviendo una pierna hacia la izquierda. Por desgracia no estaba para grandes alardes físicos. Ainara se apresuró a detenerla sujetándola por los hombros, para evitar que se cayera al suelo con la recién nacida.

-Por favor, tienes que descansar. Aquí vas a estar bien. Nos vamos a ocupar de ti hasta que puedas irte, ¿vale?

-¿Nos vamos? -Clara repitió las palabras de la vieja en tono de pregunta.

-El clan, mi niña. Todas las personas del clan nos vamos a ocupar de que no te pase nada malo mientras estés en la aldea. Es lo que hacemos con los forasteros que necesitan nuestra ayuda, ¿sabes?

Asintió agradecida.

A pesar de que no había tenido mucho tiempo para asimilar muchos de los conceptos que le había explicado Elisa, sabía que una vez allí dentro el tiempo para ella transcurriría al mismo ritmo que para Beltrán y para mí. De modo que no existía la urgencia del día anterior. A pesar de estar deseosa de recuperar a sus seres queridos, se dejó caer de nuevo en la cama, mientras se regocijaba con el rostro rosado de su hija recién nacida.

Al día siguiente, Clara estaba preparada para salir a observar con detenimiento y por primera vez, el mundo en el que se había metido.

La aldea de la playa hacía honor a su nombre. Un grupo reducido de casas hechas con madera y paja, situadas cerca del litoral, eran el hogar de no más de una veintena de familias. Vestían con harapos y pieles curtidas, se alimentaban de pescado y la fruta que recolectaban de los muchos árboles que crecían alrededor. Una vida idílica para muchos, en un lugar cálido y bañado por el sol. Los niños corrían desnudos de un lado a otro mientras que los adultos dedicaban las jornadas al arduo trabajo de la supervivencia del grupo.

Ainara era la jefa del clan. La mujer más anciana de la aldea y la que todos consideraban más sabia. Organizaba los grupos de trabajo y resolvía cada disputa con pasión, como si disfrutase con cada decisión que tomaba, liderando a un pueblo cuya única ambición era la de sobrevivir y que a pesar del esfuerzo extra que representaba el mantener a las dos recién llegadas, parecían dispuestos a acogerlas y a brindarles toda su hospitalidad sin pedir nada a cambio.

Nada más ver a mi esposa, un buen número de lugareños dejó sus quehaceres para correr a presentarse e interesarse por su estado. Se acercaban con una sonrisa en los labios, felices de que todo hubiese salido bien y de que tanto la madre como la hija gozasen de buena salud.

-Como podrás comprobar, somos un pueblo humilde. Cada uno cumple con su cometido a fin de que el clan sobreviva. Cuando llega un foráneo lo tratamos como si fuese parte de nuestra gran familia hasta que decide si quiere irse o formar parte activa de la comunidad. De modo que nadie cuestionará nada de lo que decidas. Eso sí, he de decirte que, llegado el momento, deberás colaborar con las labores o no permitiré que te quedes. ¿Estás conforme?

-Claro, les estoy muy agradecida.

No es que Clara tuviese más opciones. Su hija recién nacida no estaba preparada precisamente para partir en busca de nadie y menos por un mundo desconocido y salvaje. Recuperaría fuerzas en aquel lugar y cuando estuviese totalmente en forma empezaría a buscarnos a Beltrán y a mí.

Agujeros de gusano

Los días se sucedían sin mucho que reseñar. En la aldea, la rutina y las labores hacían que el tiempo pareciese transcurrir a toda velocidad, como si las jornadas se encadenasen las unas con las otras, sin más objetivo que el hecho de seguir respirando. Al poco tiempo se le asignó a mi mujer ocuparse de los niños mientras los adultos se iban a pescar o recolectar. Pensó que era una gran oportunidad para educar a aquellas gentes en algunas de las materias más importantes de la vida, pues se trataba de salvajes que desconocían cualquier tipo de cultura de la que consideramos básica en nuestro mundo, aunque sí poseían muchos conocimientos basados en la experiencia y la sabiduría adquiridas por el clan. Comenzó con la escritura, ya que en la Aldea de la Playa todos eran analfabetos. El saber popular acerca del clima, la pesca, el curtido de pieles y otras muchas labores, se transmitía por vía oral de generación en generación, pero Clara sabía que la base de toda civilización era el registro de esos conocimientos, pues la información que se transmite de palabra acaba exagerándose o tergiversándose. Por fortuna, Clara se había preparado como docente en su juventud, a pesar de no haber ejercido como tal desde el día en que formamos una familia.

Los niños de la aldea aprendían a velocidades asombrosas, mucho más rápido de lo que hubiese imaginado. En unas semanas los mayores ya leían y escribían a la perfección, y lo más increíble era que los propios infantes enseñaban a los adultos que estaban entusiasmados con las lecciones de la profesora. Los lugareños encontraban también fascinantes las matemáticas. Les impresionaba la exactitud de los números, los teoremas que Clara les explicaba. Prácticamente, les resultaba mágica la cantidad de conocimientos de los que hacía gala y ella comenzó a sentirse tremendamente útil y a considerarse parte fundamental de aquella comunidad.

Agujeros de gusano

La recuperación se alargaba ya dos años enteros cuando los indígenas comenzaron a aplicar muchos de los conceptos de la física clásica en sus labores diarias. La pesca se incrementó notablemente, comenzaron a sembrar sus propios alimentos y a edificar mejor. La calidad de vida aumentó tanto que, en solo veinticuatro meses, la Aldea de la Playa debería haberse cambiado de nombre para llamarse la Villa de la Playa, aunque no lo hizo. Pues a pesar de su predisposición para el aprendizaje, había muchos detalles que se negaban a cambiar, no en vano sus costumbres venían repitiéndose de la misma manera desde hacía generaciones.

Clara no había olvidado a su marido ni a su hijo, solamente encontró un propósito, algo que le daba sentido a su vida y era reacia a perderlo a pesar del remordimiento que le provocaba permanecer allí sin hacer nada para localizarnos. Cada noche, lloraba sobre su almohada por la rabia y la frustración que le causaba el repetirse a sí misma que era una cobarde, que no se iba de allí por puro miedo y que no merecía la vida de satisfacción que estaba disfrutando. Se acusaba a sí misma de haber caído en la rutina y de no ser capaz de encontrar una solución a la pregunta que le rondaba la cabeza el noventa por ciento del tiempo. ¿Dónde estarán?

¿Hacia dónde ir pues, en busca de un marido y un hijo, que se hallan perdidos en un gigantesco mundo? ¿Cómo embarcarse en tal aventura con una pequeña a cuestas?

En una de aquellas veladas llenas de sentimiento de culpa, algo la despertó. La tierra comenzó a temblar de una manera que nunca había sentido. Todo el clan estaba igual de asustado que ella ante el terremoto que sacudía la aldea. La pequeña Clara lloraba desconsolada en su cuna, al sentir la ansiedad en el ambiente, los gritos de pánico y los llantos nerviosos a su alrededor. Los vecinos se apiñaban por decenas frente a la casa de la anciana para preguntar qué estaba ocurriendo. Por fortuna, las construcciones, que habían sido reformadas en los últimos meses para incluir aglutinantes en sus muros, soportaban correctamente las sacudidas, de modo que no hubo pérdidas humanas que lamentar.

Cuando la tierra dejó de moverse, todos y cada uno de los habitantes de la aldea se encontraban en el centro de esta. Abrazados los unos a los otros, sollozaban al enfrentarse a una situación nueva y aterradora.

-Ese temblor se llama terremoto. La profesora instruía a sus alumnos, aprovechando para infundir un conocimiento que les resultara reconfortante. — Se produce cuando las placas tectónicas de la tierra chocan entre sí, liberando energía.

-Profesora, ¿qué son esas placas?

-Buena pregunta, Miguel. Verás, la tierra bajo nuestros pies está formada por diferentes bloques. Aunque tú observes un continente completo, debajo está disgregado. Estas placas tectónicas flotan sobre el fondo de roca fundida en lo que se conoce como la deriva continental. Cuando dos placas chocan de manera violenta se producen vibraciones, que son lo que acabamos de sentir, un terremoto. Al menos es así en la Tierra…

De repente, Clara calló en la cuenta de que la explicación que acababa de ofrecer a sus alumnos no tenía por qué ser cierta. Pues, en realidad se encontraban miniaturizados sobre una placa de Petri en un laboratorio.

-Pero, esto nuca había ocurrido antes. -Ainara se mostraba poco receptiva. -Ninguno de los jefes anteriores me había hablado nunca de nada parecido.

-Puede ser. Las placas se mueven muy lentamente y durante miles de años, de modo que puede que nunca hubiera habido un terremoto en esta zona, o que haya pasado tanto tiempo que la información se haya olvidado.

La profesora decidió ceñirse a la explicación científica que conocía, a fin de no complicar aún más la situación. Estaban en mitad de aquel debate cuando una nueva sacudida hizo retumbar todo el pueblo. Esta vez fue mucho más potente. Varias casas colapsaron a los pocos segundos de comenzar, los árboles del frondoso bosque con el que lindaba la aldea se cayeron, provocando una avalancha de roedores que corrían en busca de un lugar seguro. Gritos y llantos acompañaban al terrible estruendo que generaba la tierra moviéndose con tanta violencia que se hacía prácticamente imposible mantener el equilibrio. En medio de todo aquel desastre y entre los chillidos de desesperación de los aldeanos, Clara escuchó una voz en la lejanía. Aquella voz era la mía y ella la reconoció enseguida. Con los ojos muy abiertos me buscaba, sabía que andaba cerca, aunque no podía verme. En medio de todo aquel caos, fui el faro de esperanza que la guiaba hacia lugar seguro.

Agujeros de gusano

Capítulo VI

Agujeros de gusano

-Cuéntamelo otra vez, viejo.

-Beltrán…, ya tienes doce años. Te habré contado la historia miles de veces. ¿De verdad es necesario?

-Me gusta oírla.

-Está bien…

El viejo trataba de que Beltrán se durmiese para poder seguir trabajando en nuestro laboratorio, en la gruta.

Tras cuatro años en Vidmar, Beltrán se estaba convirtiendo en un hombre, mientras yo trataba por todos los medios de salir de allí. El viejo nos había contado todo lo que sabía sobre la historia del país y cómo nosotros dos éramos parte fundamental de ella, pero yo me resistía a creerlo. Algo en aquel increíble bucle temporal que siempre relataba debía estar equivocado, algo se nos pasaba, pues yo no estaba dispuesto a acabar mis días allí dentro.

-A ver, por dónde empiezo…

Como cada vez que comenzaba a narrar la historia de Vidmar, el viejo se mesaba la barba, perdiendo el tiempo con intención de exasperar a Beltrán.

-¡Vamos viejo, no te hagas de rogar! -Reía el muchacho.

-Está bien. Todo comenzó con un hombre, Paco Cabrales. Que llegó a la playa de la Casa Blanca de las Babosas Gigantes. Él no sabía dónde estaba, no reconocía el lugar porque, en realidad nunca había estado allí, a pesar de que se convertiría, acto seguido, en el Rey de todo Vidmar. Su hijo…

-¡Beltrán! -Intervino el chiquillo.

-¡Exacto! Su hijo Beltrán lo encontraría vagando por la arena y lo llevaría ante mí, el regente del país.

-¿Pero cuándo has gobernado tú, viejo?

-Para mí han pasado poco más de cinco años desde que ocupaba el trono, pero, dado que nos encontramos en el pasado, el momento en que yo goberné llegará muy pronto. Y es que en Vidmar, se puede viajar por el tiempo, usando las pastillas de moho mágico.

-¿Las que está inventando papá?

-Si, señorito. Pues bien, sigamos. Beltrán encontró a su padre, el Rey Paco Cabrales, tras haber viajado atrás en el tiempo. Fue una situación un tanto rara, pues el príncipe tenía treinta años, los mismos que el rey. Lo llevó ante mí y juntos fuimos a La Tierra de los Vidrieros, donde un horripilante mal acechaba con aviesas intenciones.

Beltrán se quedó en completo silencio, pues aquella parte siempre le asustaba.

-El vacío era un frío aterrador que congelaba a quien fuera que fuese que lo tocase. Cualquiera que se acercase lo suficiente se quedaba petrificado y moría al instante. Y lo peor era que estaba entrando en Vidmar por una de las minas de los vidrieros. Entonces Paco conoció a Elena y se enamoraron. Todos juntos, Beltrán, Elena, Paco y yo viajamos hacia la Casa Blanca para investigar cómo deshacernos de semejante mal, cuando fuimos secuestrados por el malvado alcalde de la Tierra de los Vidrieros. Por suerte Julián, mi hermano gemelo, nos salvó y nos entregó un bebé.

-Y ese bebé es Beltrán. ¿El mismo Beltrán del futuro?

-Eso es chico. Helena y Paco adoptarán al Beltrán bebé y lo criarán como suyo para que algún día pueda viajar de nuevo al pasado para que todo se repita.

-Entiendo…

-Ahora es donde se complica más la historia. Al escapar de nuestro cautiverio, nos veremos envueltos en una cruenta batalla. Los pueblos del sur de Vidmar ponían en duda el derecho de Paco al trono y planeaban invadir La Casa Blanca para dar un golpe de estado. Los ejércitos del sur viajaron hacia el norte para atacar el palacio e iniciar una guerra que terminará en unas pocas horas. Durante la pelea se generará una enorme ola en la costa que nos arrastrará a todos.

-¡La gran ola!

-¡Muy bien! ¡La gran ola! Beltrán, el Beltrán mayor, que había viajado en el tiempo y yo, viajaremos a un pasado remoto, gracias a que esa gran ola traía consigo un puñado de moho mágico y ambos lo comimos mientras estábamos siendo arrastrados por la corriente.

-¿Y así acabaste aquí?

-No exactamente. Al darme cuenta de que estábamos en el pasado, comencé a investigar las propiedades del moho y sinteticé algunas pastillas. Al probar la primera de ellas aparecí aquí, justo el día que nos conocimos.

-Lo que no entiendo es que, si mi papá es el Rey, cómo puede no saberlo.

-Mi pequeño Beltrán…, tu papá no es el Rey que yo describo en mi historia. Al veros por primera vez así lo creí, ya que el parecido es asombroso. Sin embargo, el Paco Cabrales del que yo hablo es en realidad mi hijo.

-No lo entiendo.

-Es difícil de explicar, pequeño. El príncipe Beltrán se ha quedado en el momento en el que aparecimos tras la gran ola. Tiene la misión de instaurar la monarquía en nombre de Paco Cabrales. Doblegará a los pueblos rebeldes y generará la economía del país, a la espera de que el Rey llegue a la playa frente a la Casa Blanca. Estando inmerso en esa misión, conocerá a Selene, se casarán y tendrán un bebé al que llamarán Paco. Por desgracia, Selene será asesinada por los enemigos del país y Julián viajará atrás en el tiempo para llevarse a nuestro pequeño. Ese niño, mi hijo, será entregado a los auténticos reyes Paco y Helena, que viajarán al mundo real para criarlo allí. Pasados treinta años, el pequeño Paco viajará de nuevo a Vidmar, se convertirá en el Rey y todos los hechos que te expliqué al principio de la historia volverán a ocurrir exactamente de la misma forma.

-Pero si el pequeño Paco es tu hijo y acabará siendo el Rey..., ¿entonces el Rey mayor cuidará se sí mismo en el mundo real? -Preguntó mi hijo.

-Sí. El Rey mayor cuidará de sí mismo hasta que tenga treinta años y entonces volverá a Vidmar.

-Entonces, ¿cómo llegas tú a ser el regente?

-Porque Beltrán y el viejo son la misma persona, aunque el joven no lo sepa. – Intervine.

-Eso es. El Beltrán joven instaurará la monarquía y gobernará el país. Poco a poco se ira convirtiendo en este viejo que tienes ante ti y cuando llegue ese momento, mi hijo, el pequeño Paco, volverá a Vidmar para ser el Rey y todo volverá a repetirse exactamente igual que está ocurriendo ahora.

-Yo sí que tengo una duda, viejo. ¿Qué pintamos mi hijo y yo en todo esto?

-Es una buena pregunta. Mi teoría es que sois los, Paco y Beltrán primigenios y que, en algún momento de esta historia algo desatará el bucle temporal, pues en vuestro poder estaba el último cabo suelto de toda esta trama. El retrato de su majestad que el pequeño Beltrán traía consigo el día que llegasteis a Vidmar.

-¿Qué tendrá que ver el puñetero dibujo con todo esto?

-Mucho. Este dibujo, como tú lo llamas, es la clave de todo. – Se dio unos golpecitos sobre el bolsillo de su túnica, señalando que el retrato se hallaba a buen recaudo. – Yo mismo se lo entregaré al Rey para que este lo transporte hasta el pasado el día que sus majestades recogen a mi Paco para sacarlo fuera de Vidmar y este, se lo entregará al joven Beltrán para que lo exhiba en el palacio. Sin el retrato en el altar de la Casa Blanca de las Babosas Gigantes, nadie en el país veneraría al Rey y por lo tanto, la monarquía sería inviable. El retrato apoya pues, mi hipótesis de que sois los primigenios y que haréis algo que desencadene el bucle temporal.

-Yo no estoy tan seguro de eso, pero ya se verá. Por lo pronto, lo que más me preocupa es comprender de una vez por todas las propiedades del dichoso moho mágico. Así que Beltrán, – Miré directamente a mi hijo. – es hora de descansar.

En cuanto el pequeño se quedó dormido, dejamos la cabaña que habíamos construido junto a la cueva. Hacía cuatro años desde que Beltrán y yo tuvimos el accidente en mi laboratorio. Desde entonces vivíamos junto al viejo en Vidmar. Construimos con nuestras propias manos una choza que, aunque modesta, nos resultaba cómoda y funcional. Constaba de cuatro estancias, un dormitorio para cada uno y un salón en el que pasábamos el poco tiempo de ocio que nos dejaba el día a día. Dormíamos sobre colchones que habíamos confeccionado con pieles de los animales que cazábamos para comer y paja seca, que acumulábamos tras limpiar la maleza de los alrededores. Todos los utensilios los habíamos fabricado nosotros mismos tallando madera y piedras. El viejo se encargaba de traer comida a casa y de cuidar de Beltrán, mientras yo me esforzaba en investigar casi toda la jornada.

La gruta hacía las veces de laboratorio. El viejo me había conseguido casi todo lo imprescindible. Calderos metálicos para poder calentar mezclas, matraces que él mismo había fabricado calentando arena de la playa y convirtiéndola en cristal que, si bien no era el más transparente del mundo, servía para hacer colorimetrías con elementos químicos que fui destilando de las distintas plantas del entorno.

-Creo que ya lo voy entendiendo. -Dije. – Es un problema de PH.

-Sea lo que sea tal cosa. – Contestó el viejo.

Él no entendía absolutamente nada de la jerga científica, aunque sí me servía para establecer un toma y daca que me ayudaba mucho en mis deducciones.

-Entonces, dependiendo de con qué mezclemos el moho, si con un ácido o una base, logramos que el sujeto viaje hacia el futuro o al pasado. Por supuesto no tengo ni idea de la composición del moho ni de por qué ocurre tal cosa. Para eso necesitaría equipamiento de la mejor clase.

El "sujeto" en concreto, era una especie de marsupial que habitaba en los aledaños. Usaba aquellos animales, que de vez en cuando caían en las trampas que colocábamos cerca de la cabaña, como ratas de laboratorio, administrándoles cantidades diferentes de moho tratado.

-Entonces, si mezclamos el moho con esto que pone ácido de no sé qué, el moho nos manda hacia el futuro. En cambio, si lo mezclamos con la otra substancia, nos manda al pasado.

-Sí. Y dependiendo de la cantidad de moles de ácido o base, adelanta o retrocede más o menos tiempo.

-¿Qué son esos moles de los que hablas?

-Es terminología científica, se refiere a la cantidad de átomos de hidrógeno o grupos hidróxido de la composición.

-Estaba claro. -Sonrió.

En definitiva, creo que soy capaz de sintetizar una pastilla para viajar un tiempo determinado hacia el futuro o hacia el pasado. Lo que cuadra con tu historia. Lo que no soy capaz de hacer todavía, son las pastillas rojas de las que me hablaste. Las que sacan a los reyes de este mundo. ¿Cuántas eran?

-Tres. Una para Paco, otra para Helena y la tercera se la quedará mi hermano Julián, aunque antes la utilizaré para persuadir a los reyes. Ya que cuando los mande de vuelta al pasado, pensarán que van a rescatar a su hijo. No obstante, en realidad irán a llevarse al mío, al pequeño Paco, al mundo exterior.

-Y por lo que cuentas en tu historia, ese pequeño Paco es el mismo Rey Paco Cabrales, ¿no?

-Exactamente.

-Pues no tengo ni idea de cómo hacerlo.

La frustración hizo que lanzase un poco de moho mágico hacia un caldero en el que estaba haciendo varias pruebas, para ver si lograba sintetizar una serie de materiales que necesitaba.

En cuanto el moho se mezcló con los componentes que tenía en el caldero, el aspecto del líquido del interior cambió, adquiriendo un brillo metálico.

-Las propiedades de esta cosa no dejan de asombrarme. -dije mientras me acercaba.

Entonces, del interior empezaron a salir voces. Tonos que reconocía perfectamente, que jamás podría haber olvidado.

- "-¡Llévate esto!"

-"¡Maldita sea Elisa! ¿Qué has hecho?"

Se trataba de las voces de Elisa y del coronel Prado que, por alguna razón discutían dentro del caldero como si se tratase de un intercomunicador.

Me acerqué a trompicones hasta el recipiente y se abrazó a él, de rodillas, con la oreja pegada tratando de escuchar con más claridad-

-¿Qué pasa? -El anciano guardó silencio tras preguntar aquello, al ver la cara de ira que le había dedicado su compañero, para hacerle entender que necesitaba captar los sonidos del caldero.

-"¿No lo entiende, coronel?" -La discusión continuaba dentro del artilugio. — "No iba a dejar que inoculase ningún virus dentro de mi pequeño mundo. Independientemente de que esta mujer logre encontrar a Paco o muera en el intento, ahora lleva consigo la piedra y usted no podrá destruir mi mundo."

-"¡Joder Elisa! ¡Iba a dejar que tratases de crear otro en otra placa! ¿Crees que soy un monstruo?"

A los pocos segundos, pude reconocer el sonido de la puerta del laboratorio cerrándose. Comprendí entonces que el coronel, había abandonado la estancia, de modo que decidí tratar, sin saber si funcionaría, comunicarme con mi compañera.

Ninguno de los dos nos habíamos fiado nunca del coronel. Intuíamos que tenía planes para nuestro experimento de los que no nos hacía partícipes, así que tratábamos de contarle lo justo y necesario, por si las moscas.

-¿Elisa, eres tú?

-¿Paco, eres tú Paco? ¿Dónde estás?

Se había establecido comunicación con el mundo real. ¡Podía hablar con Elisa a través del dichoso caldero mágico!

-¡Soy yo! ¡Estamos bien! Beltrán y yo estamos dentro de la placa, pero no tengo ni idea de cómo salir. ¿Tú has descubierto algo?

-¡Paco, escucha! ¡No sé cómo has conseguido crear este método de comunicación, pero hay algo muy importante que debes saber! ¡Clara está ahí! ¡Ha entrado hace unos minutos y lleva consigo la piedra, así que no puede entrar nadie más! ¡El coronel lo sabe y no tengo ni idea de lo que piensa hacer ahora, pero tienes que encontrar a Clara!

La situación era peliaguda cuanto menos. Si Clara estaba en Vidmar, tenía que encontrarla cuanto antes.

-Elisa, ¿cuánto tiempo hace, que Beltrán y yo entramos en la placa de Petri?

- Aproximadamente dieciséis horas.

-Para nosotros han pasado cuatro años.

-¿Cuatro años? ¿Cómo es posible?

-No lo sé. ¿Cuánto hace exactamente que entró Clara?

-Unos cinco minutos.

-Entonces solo lleva una semana aquí. ¿Has hecho alguna prueba?, ¿Sabes dónde ha caído?

-No lo sé exactamente, pero estoy segura de que al sur. ¿Vosotros dónde estáis?

-Al norte. ¡Maldita sea!

Agujeros de gusano

-¿Qué hacemos ahora, Paco?

-Trata de que el coronel no haga nada, por favor. Yo buscaré a Clara y volveré a ponerme en contacto contigo.

Corté la comunicación con Elisa. No había tiempo que perder, debíamos ir hacia el sur lo antes posible para encontrar a mi mujer. En mí había nacido una nueva esperanza. Contra todo pronóstico iba a volver a ver a Clara. Podría ver nacer a mi hija y a pesar de estar perdidos en un mundo en miniatura, al menos tendría a mi familia a mi lado.

Capítulo VII

Aquella noche se me pasó volando. A día de hoy, todavía no entiendo el motivo, pero comencé a sintetizar las pastillas de las que el viejo llevaba años hablándome, como si me fuera la vida en ello. Como si las palabras de aquel chiflado fueran una profecía que se debía cumplir a rajatabla.

Las hice todas. Incluso las tres pastillas rojas que debían sacar a los reyes y al tal Julián de Vidmar, para llevarlos al mundo exterior. Se me ocurrió que, si la mezcla del caldero podía establecer una conexión con el exterior, era posible que también pudiese trasportar a una persona al mismo lugar, si se sintetizaba en forma de píldora. Por supuesto, no podía verificar la hipótesis, aunque estaba convencido de que funcionaría, algo en mi interior me lo decía. En cualquier caso, mis planes para aquellas píldoras no eran los mismos que los que tenía el viejo. Esas tres pastillas eran para mi familia. Escapar con ellos de aquel mundo de locos era mi prioridad y si para ello tenía que fingir que ayudaba a aquel chalado pues así sería. En cualquier caso, la situación me había venido de perlas, pues tanto el viejo como nosotros necesitábamos el mismo número de pastillas de color rojo.

El viejo anotaba todas y cada una de las proporciones y mezclas en el cuaderno de laboratorio que habíamos confeccionado de manera artesanal, machacando y mezclando con agua diferentes plantas con gran contenido en celulosa. Mientras, yo me afanaba por terminar, pues tenía claro que al alba partiríamos hacia el sur. No podía aguantar ni un día más sin ver a Clara. Añoraba abrazarla, besarla. Deseaba con todo mi corazón reunirme con ella fuera cual fuese el precio.

A la mañana siguiente desperté a Beltrán con una sonrisa en los labios.

-Despierta hijo, ha pasado algo.

Agujeros de gusano

Le conté lo acontecido la noche anterior y aunque no lograba comprender los detalles técnicos, no cabía en sí de gozo. Echaba de menos a su madre más incluso que yo. Lloraba de alegría mientras se vestía a trompicones. Correteaba por la estancia metiendo todo lo que consideraba necesario en una bolsa de cuero que había confeccionado él mismo, curtiendo las pieles de varios animales que había cazado en compañía del viejo. En ese instante reconocí al pequeño Beltrán. El niño que fue antes de caer en aquel mundo extraño. El niño curioso y lleno de energía, cuya enorme curiosidad e inocencia me había alegrado tanto, años atrás. Incluso el anciano estaba emocionado a pesar de no haber tenido el placer de conocer a Clara.

Partimos en cuanto nos fue posible. A lomos de tres babosas que nos habíamos agenciado en una aldea próxima, cabalgamos durante días a través de sinuosos caminos que lindaban con los bosques. Beltrán y yo nos habíamos hecho a la idea de que llegaríamos enseguida, que no se trataba más que una alegre y primaveral ruta de senderismo, de las que acostumbrábamos a hacer por los bosques que rodeaban nuestra ciudad, pero nada más lejos de la realidad. El camino era muy duro. Pronto los senderos dejaron de guiarnos y tuvimos que adentrarnos entre el follaje y atravesar la maleza, cortándola con machetes improvisados y acampando en mitad de las peligrosas arboledas del centro del país.

El clima cálido ayudaba bastante, pues no nos era necesario construir refugios que nos aislasen del frío. Aun así, debíamos tener cuidado con los animales. En el mundo real, Elisa y yo habíamos elegido las especies más pintorescas para introducir a través del portal y ahora aquellas decisiones nos pasaban factura. Al someter la placa de Petri a una combinación entre los rayos láser y los X, pasando a través de la piedra, el tiempo había sufrido deformaciones, de tal manera que, para las especies que habían sobrevivido en aquel lugar, la evolución había seguido caminos que ni siquiera sospechábamos. Los monos de laboratorio se habían convertido en "moncros", una especie casi antropomórfica de fuertes brazos y descomunales mandíbulas que podían arrancarte una extremidad sin el más mínimo esfuerzo. Los gatos habían evolucionado en una especie de felinos gigantes muy agresivos, depredadores de las alturas con gran agilidad. Las ratas eran con diferencia los animales que más habían cambiado, pues en aquel mundo eran gigantescos roedores que destrozaban todo a su paso y que cazaban de manera sincronizada, casi sin que sus desafortunadas presas pudieran verlas llegar.

Definitivamente, se trataba de un mundo lleno de peligros, en el que un leve descuido podía ser fatal. Por suerte contábamos con el consejo del viejo, que nos guiaba por rutas seguras, identificando los rastros de aquellas bestias para alejarnos lo más posible de las zonas peligrosas.

Una noche acampamos en un claro. La hoguera ardía con fuerza y nosotros estábamos animados a pesar de llevar ya varias semanas de viaje. Beltrán canturreaba alegre mientras yo asaba al espeto un lagarto que habíamos tenido la suerte de atrapar. Aquella cena sería un banquete para tres supervivientes en mitad de un bosque milenario, rodeados de árboles cuyos trocos podrían albergar fácilmente una casa unifamiliar.

Mis acompañantes charlaban entretenidos, rememorando las mejores anécdotas de lo que llevábamos de viaje, mientras yo escudriñaba los antiguos mapas de Vidmar que me había prestado el viejo.

-No entiendo esto. ¿Dónde se supone que estamos?

Interrumpí la conversación demandando que alguien aclarase mis dudas.

-Pues, si te soy sincero no lo tengo muy claro. Hace un tiempo que vengo notando una serie de diferencias tangibles entre los mapas y los caminos que transitamos. Todo está más o menos donde debería, pero hay varios accidentes geográficos que faltan. No sé si me explico.

-No, viejo. No te explicas. ¿Estos mapas son fiables o no?

-Esos mapas me han guiado en mis incontables viajes por el país, de modo que deberían serlo. Sin embargo, justo delante de nosotros deberían extenderse los enormes cañones de la Casa Azul. Y como podéis ver, no están. Solo hay bosque y más bosque. Es como si la tierra se hubiese aplanado. Por otro lado, al noroeste deberían poder contemplarse las montañas en la que está emplazado El Mirador y tampoco las diviso.

-Será por los árboles. Hay muchos…, quizás nos pase eso de que los árboles no nos dejan ver el bosque. – Intervino mi hijo, que se había vuelto un jovencito muy elocuente en los últimos años.

-No lo creo, pequeño. Te aseguro que es difícil no advertir estas formaciones en concreto. También está el hecho de que el horizonte es completamente blanco…

-¿El horizonte dices?

-Ya os he contado que, de donde yo vengo…

-Lo sabemos, viejo, falta el muro de cristal ámbar que rodea todo el país. – dije con hastío.

-Tengo la sospecha de que algo va a ocurrir en cualquier momento. Una catástrofe natural, un terremoto o algo similar, que generará las montañas y los cañones.

-O tal vez, no pase nada de eso y estés equivocado, viejo. A mí me parece que tu historia se ha visto modificada en algún punto. Que estamos en algún tipo de línea temporal alternativa o algo así. No sabemos los efectos que pueden tener los viajes en el tiempo, si es que de verdad los has experimentado.

-¿Me llamas mentiroso? – me respondió airado.

-No creo que mientas. Más bien, creo que no comprendo del todo lo que está pasando y mantengo mi escepticismo. No obstante, sí tengo una cosa clara y es que necesito encontrar a mi mujer lo antes posible, reunir a mi familia y después investigar cómo diantres vamos a salir de este maldito infierno.

Estábamos enzarzados en la discusión cuando un tremendo golpe nos sobresaltó. Había caído del cielo una piedra del tamaño de una pelota de tenis, estrellándose contra el firme y rebotando como si estuviese hecha de goma. Levantó tal polvareda que llegó a limitar bastante la visibilidad durante unos segundos. Nos acercamos con cautela al cráter que se había creado para observar el fenómeno, sin imaginar siquiera que pudiera repetirse, cuando decenas de rocas similares empezaron a estrellarse a nuestro alrededor.

-¡A cubierto! -Grité.

Corrimos hacia la maleza, con la intención de ocultarnos, pero los proyectiles nos perseguían, impactando cada vez más cerca y con más fuerza.

-¿Quién nos ataca? -Pregunté en voz alta.

-¡No es quién, sino qué!

Agujeros de gusano

La situación no me permitía prestar la debida atención a la respuesta del anciano, quien estaba claro que sabía de qué se trataba.

-¡Son cuervos! ¡Cuervos del bosque! ¡Hemos debido acercarnos en demasía a su nido!

Al instante comprendí a qué se refería, pues, justo delante de nuestras narices aterrizó un gigantesco pájaro de unos cuatro metros de envergadura, midiendo desde el extremo de un ala al de la otra. De plumaje negro, pico amarillo brillante y ojos pequeños, graznaba con fuerza mientras hinchaba su cuerpo para hacernos retroceder. Sostenía en sus fuertes garras un canto similar a los que habían estado a punto de alcanzarnos y batía las alas con tal potencia, que el viento que generaba prácticamente nos obligaba a retroceder para no perder el equilibrio.

-No hagáis movimientos bruscos. Estamos cerca del nido. Son aves muy territoriales, que pueden arrancarnos la cabeza de un solo picotazo. Vamos a retroceder muy despacio y mirando hacia el suelo. Sobre todo, que no nos perciba como una amenaza, pues se nos echaría encima toda la bandada.

Beltrán y yo obedecimos sin decir nada. Dábamos pasos cortos y sin mirar atrás, manteniendo la mirada fija en las garras del animal, que caminaba con torpeza, acercándose a nosotros al mismo ritmo que nos alejábamos.

Otros tres animales aterrizaron entonces, creando un semicírculo, dejando clara la dirección hacia la que no podíamos ir.

Parecían comunicarse entre ellos, emitiendo sonidos de diferente naturaleza y meneando la cabeza.

A medida que nos alejábamos del lugar en el que presumimos, estaba el nido, su lenguaje corporal parecía relajarse. El volumen de los graznidos se rebajaba en incluso me pareció intuir un cambio en la expresión en los ojos de los animales.

Prácticamente, estábamos fuera de peligro cuando, por desgracia, tropecé con una raíz que sobresalía del suelo, cayendo de espaldas de manera aparatosa.

Los cuatro cuervos se lanzaron de nuevo al ataque, al interpretar aquel movimiento como una amenaza, volando a gran velocidad hacia nosotros, con las garras por delante. Uno de ellos logró alcanzar mi antebrazo, rasgándome la carne como si me hubiese cortado con un bisturí. La sangre brotaba a chorros, tiñendo el follaje de los arbustos que nos rodeaban, tornando el ámbar en rojo en un santiamén.

Una segunda arremetida contra mi cuerpo que, tendido en el suelo era un blanco fácil, sería suficiente para acabar conmigo. Ya podía notar el aire desplazado en el aleteo de las bestias sobre mí, cuando otro ruido mucho más silbante hizo que dejase de presionar mi herida para taparme las orejas.

Un agudísimo sonido salía de lo más profundo del bosque haciendo huir a los cuervos, que tropezaban los unos contra los otros, torpemente.

Inmóviles, permanecimos juntos, aturdidos y tratando de mantenernos lo más pegados posible, para parecer un enemigo más peligroso de lo que en realidad eran un anciano, un hombre herido y un niño. Hasta que, por fin, una voz humana hizo que saliéramos del estado de pánico en el que nos encontrábamos sumidos.

-¿Quiénes sois?

Al levantar la cabeza para ver a nuestro salvador, pudimos observar a un hombre vestido a penas con un taparrabos de piel marrón. Muy musculoso y con toda la piel adornada por tatuajes tribales. Portaba una lanza rudimentaria y de su cuello colgaba una especie de cuerno, con el que seguramente había emitido el silbido que ahuyentó a los cuervos.

Nos miraba con expresión curiosa, aunque se aferraba a su arma y se sobresaltaba, adoptando una posición de combate ante cada uno de nuestros movimientos.

-¡No hables con ellos! ¡Ya sabes cuál es el castigo por entrar en el bosque del jefe! ¡Atrápalos sin más!

Una segunda voz, más ronca y grave que la del muchacho que estaba frente a nosotros, salió de detrás de un arbusto cercano. Acto seguido una decena de indígenas aparecieron de la nada, apuntándonos con sus lanzas, amenazando con asestarnos una estocada mortal como se nos ocurriese emprender cualquier intento de fuga.

Nos maniataron. Nos vendaron los ojos y nos hicieron caminar durante lo que me parecieron horas a través de senderos ocultos entre la vegetación.

Beltrán sollozaba angustiado. A pesar de las continuas órdenes de nuestros captores, no lograba tranquilizarse, lo que parecía ponerlos aún más nerviosos. Nos tropezábamos sin parar, cayendo de bruces contra el suelo, que estaba plagado de raíces y ramas, provocando que aquellos secuestradores nos levantasen a golpes, con cada vez más violencia.

Finalmente, pude captar el bullicio de una población. La gente parloteaba y se reía a nuestro alrededor. Nos tiraban, de vez en cuando, piedras o nos escupían, humillándonos y chillando amenazas e insultos entre carcajadas.

Yo solo podía pensar en mi hijo. Lo buscaba una y otra vez a tientas, a pesar de las represalias por abandonar la formación, que consistían en más insultos y más golpes. Estaba desesperado por consolar al pequeño, que apenas podía respirar entre tanto llanto.

De una patada en la flexura de las piernas, uno de los soldados hizo que me arrodillase antes de quitarme la venda de los ojos. La claridad me cegó durante unos segundos, hasta que mis pupilas se adaptaron a la luz y pude percibir la figura de otro hombre frente a mí. Se trataba de un varón de cerca de los dos metros de altura, sensiblemente obeso y calvo. De tez morena y ojos marrón oscuro que me dedicaba una sádica sonrisa de sucios dientes color ocre. Iba vestido con un atuendo similar al de los soldados, aunque bastante más ornamentado con flores y tiras de piel curtida de las que colgaban piedras y otros abalorios. Lucía una gran cantidad de collares hechos con conchas marinas, que tapaban, en parte, su enorme barriga y sus pectorales flácidos.

Acercó su cara a la mía, al tiempo que sujetaba mi mandíbula, obligándome a abrir la boca para verme la dentadura, como si de un caballo se tratase. Su pútrido aliento penetró en mis fosas nasales, obligándome a soltar un par de lágrimas que provocaron aún más burlas por parte del corro de personas que observaba la escena. Una vez sació su curiosidad, comenzó a palparme de arriba abajo, como si quisiera cuantificar mi masa muscular. Apretaba mis bíceps con tanta fuerza que solté un grito ahogado, lo que causó la carcajada general.

-¿Qué queréis que haga con esto? – dijo, por fin.

El ambiente se volvió, si cabe más tenso, cuando descubrieron las caras de mis acompañantes. El gordo ponía muecas de asco al inspeccionar al viejo y a Beltrán, como si estuviese mirando dos gallinas cluecas, que iban a ser más caras de mantener que los beneficios que pudiesen llegar a producir.

- Desde luego…, solo me traéis basura.

-Señor…, nosotros solo estábamos de viaje y creo que, sin quererlo, acabamos perdidos en su bosque…

-¡Anda, pero si saben hablar!

De nuevo el cachondeo generalizado tras el comentario del obeso jefe, que fingía escuchar lo que el viejo pretendía declarar.

-Sabemos que es usted magnánimo, tal vez pueda mostrar clemencia a unos pobres viajeros extraviados.

El líder de nuestros secuestradores se acercó al anciano con cara de pocos amigos. Le agarró de su larga barba y tiró con todas sus fuerzas, haciendo que pegase su cara contra la hierba. Plantó su enorme pie encima de su cabeza y contestó a gritos para ser escuchado por todos los habitantes de la aldea.

-¡El castigo por invadir mi propiedad es el encarcelamiento de por vida! ¡Que le quede claro a todo el mundo que no habrá clemencia con los infractores, independientemente de su procedencia o clase social!

Tras dictar sentencia, asestó una patada en las costillas del indefenso reo, que se acurrucó en el suelo, luchando por recuperar el aliento.

-¡Lleváoslos a sus celdas y que no les falte de nada! ¡No queremos que se mueran antes de poder arrepentirse de su delito!

Durante el traslado traté de escabullirme en varias ocasiones. Me giraba con violencia una y otra vez, buscando aprovechar algún momento de distracción para escapar. Cada tentativa de fuga por mi parte fue castigada con agresiones a cada cual más violenta, hasta que finalmente claudiqué y me dejé arrastrar por el suelo arenoso, con los ojos encharcados en lágrimas y el cuerpo dolorido. En mi boca entraban sin parar partículas de tierra, obligándome a escupirla para no tragarla. Cada vez que debía contraer el abdomen para expulsar mi saliva mezclada con sustrato, el dolor en las costillas, probablemente rotas, me cortaba la respiración, de tal forma que, cuando el dolor se volvió insoportable, perdí el conocimiento.

Desperté boca arriba en una celda tan pequeña que resultaba muy difícil no rozar constantemente a mis compañeros. Nada más abrir los ojos, pude ver una imagen que se me quedaría grabada para el resto de mis días. Un precioso cielo azul, eclipsado por barrotes hechos de madera. Aquella reja era sorprendentemente resistente ante la infinidad de golpes que le propiné durante las siguientes horas. Los golpeé tan fuerte y de manera tan consecutiva que terminé por perder la piel de los nudillos y los empeines.

Por su parte, el viejo y Beltrán descansaban apoyados en uno de los laterales de la celda, observando cómo perdía los estribos una y otra vez. Vociferaba sin parar insultos y amenazas hacia los individuos que nos habían privado de nuestra libertad, aun a riesgo de recibir otra soberana paliza.

Al caer la noche estaba totalmente agotado. No era capaz ni de sostener mi propia cabeza que reposaba en la arena, generando minúsculas nubes de polvo en cada una de mis exhalaciones.

-¿Ya estás más tranquilo, papá?

Beltrán había mantenido la compostura mucho mejor que yo, una vez estuvimos encerrados. Dejó de llorar y se resignó a esperar de brazos cruzados a que se tomara alguna decisión respecto a nuestro futuro.

-Parece que no os importe lo que nos están haciendo. -Les dije malhumorado.

Agujeros de gusano

-Ahorramos fuerzas.

Decidí no discutir con el viejo. Sabía perfectamente que tenía razón. Mi comportamiento, más que el de un cabeza de familia, había sido el de un adolescente en plena pubertad con una rabieta violenta.

-Menos mal que te has callado de una vez. Estábamos a punto de degollarte y acabar con el alboroto.

Dos guardias se habían apostado cerca de la jaula, en un ángulo muerto desde el que me era imposible verlos.

-De todas formas, no creo que tardes mucho en morirte. Esa herida se acabará infectando y enfermarás en unos días. -Concluyó uno de ellos entre risotadas.

Por suerte para mí y desgracia para los guardias, que apostaban cuántos días duraría con vida, mi herida sanó al poco tiempo. De modo que me salvé, aunque no fue para nada un motivo de dicha.

Pasamos allí encerrados muchas semanas. Ni siquiera estoy seguro de cuántas exactamente, ya que dejé de contarlas al cabo de un año.

Sin más pasatiempo que esperar a que llegase nuestra única comida de la jornada. Las horas de luz se sucedían a un ritmo tan lento que habría vuelto loco a cualquiera.

Beltrán apenas hablaba. Durante el tiempo que pasamos encerrados me afané en mantenernos cuerdos enseñándole matemáticas y lengua. Escribíamos con una rama en la tierra para practicar la lectura. Contábamos cuentos para evitar que el tedio de nuestro encierro se tornara en depresión y finalmente en locura. No podía permitirme el lujo de volver a caer en la desesperación, pues tenía un hijo al que proteger.

Agujeros de gusano

Alguien a quien enseñar que la esperanza es lo último que se pierde. A pesar de ello, sentía que el confinamiento estaba dañando la psique del chaval, que cada vez se encerraba más en sí mismo.

Por supuesto hubo días mejores que otros. El inconformismo y la rabia dejaron paso a sumisión y al cabo de muchos meses, comenzamos a aceptar el hecho de que aquella celda sería todo nuestro mundo.

Nos habíamos adaptado tan bien a aquella nueva normalidad que ni siquiera nos dimos cuenta de cuándo dejaron de vigilarnos. Del momento en que los carceleros dejaron de estimar oportuno tener dos soldados observándonos día y noche y nos dejaron a nuestro aire. Simplemente, nos daban una ración diaria de comida y agua, como si fuésemos animales que viven en un zoológico, pues el jefe había ordenado en su momento, que no muriésemos de inanición.

La mañana en que escapamos fue como todas las demás. La claridad nos sorprendió tendidos en las camas que habíamos improvisado con la hierba que fuimos capaces de arrancar de los alrededores. Los tres descansábamos acurrucados de otro largo día en el que no habíamos hecho nada más que esperar a que la jornada se terminase. De pronto, escuchamos pasos provenientes del bosque. Se incrementaban, haciéndose más fuertes a medida que quien quiera que fuese se acercaba a nuestra posición. Los acompañaban susurros inteligibles de varias personas que pretendían internarse en la aldea sin llamar la atención y que no contaban con la presencia de tres presos en una minúscula jaula de madera.

-¡Salid de ahí! ¡Sois libres!

Antes de que pudiésemos comprender qué estaba pasando, un hombre que no pertenecía al pueblo que nos mantenía cautivos, abrió nuestra celda de un machetazo. Se trataba de un ejército invasor que debía estar en guerra con los aldeanos del bosque. Estos no vestían con taparrabos como indígenas, sino que llevaban atuendos completos hechos de piel curtida y espadas afiladas, arcos y carcajes llenos de flechas.

Aparecían de entre los árboles y avanzaban en formación, sin cuestionar las órdenes de su capitán, que movía el pelotón a su antojo, con solo indicarlo.

Nosotros corrimos en dirección opuesta a las casas. Junto a la celda, cerca de donde solían apostarse los guardias que nos vigilaban al principio, estaban nuestros macutos con todas nuestras pertenecías, así que los cargamos y salimos pitando, sin hacer el más mínimo ruido hasta adentrarnos en la espesura.

Me sentía pletórico y aliviado. Por fin aquella tortura había terminado. En cuanto juzgamos que estábamos lo suficientemente lejos, los tres nos fundimos en un abrazo para celebrar que habíamos recuperado el control de nuestras vidas.

-¿Hacia dónde vamos papá?

-El plan sigue siendo el mismo, hijo. Tenemos que encontrar a tu madre. Me muero de ganas de verla y de conocer a tu hermana. Pero antes, necesito hablar con Elisa. Aunque no lo creo, es posible que haya habido algún cambio, y aún no sabemos qué piensa hacer el coronel.

-Pero, yo pensaba que ya estábamos fuera de peligro. Es decir, aunque el coronel ese pretendiese hacer algo con este mundo, ¿no lo habría hecho ya hace mucho tiempo?

-No, Beltrán. Recuerda que el tiempo no transcurre de la misma forma en el exterior. Allí no habrán pasado más que unas cuatro o cinco horas. El coronel Prado ya se habrá enterado de que no puede replicar el experimento, ya que la piedra de Elisa está aquí dentro. Es un personaje impredecible, no me extrañaría que hiciese cualquier locura.

Capítulo VIII

Agujeros de gusano

-¿Cómo dice?

Elisa levantó la voz más de la cuenta, sobre todo teniendo en cuenta que le hablaba a un alto rango del ejército, que podría pegarle un tiro y hacer desaparecer su cadáver sin muchos rompederos de cabeza.

El coronel Prado suspiró tratando de relajarse antes de volver a explicar lo mismo por tercera vez.

-Tienes que entender mi postura Elisa. Yo no tomo todas las decisiones, hay gente que está por encima de mí y ellos quieren resultados. Quieren que los experimentos lleguen a buen término, tengo que cumplir plazos…

-¡No es cuestión de cumplir plazos! Es que lo que planteas es rematadamente estúpido.

-¿Y crees que no se lo he explicado? Son soldados. Si no son capaces de comprender el funcionamiento de un puto bolígrafo, ¿cómo pretendes que les explique lo que es un puente Einstein- Rose?

-Pero, coronel…, es que, aunque inocule usted el virus en la placa de Petri, no pasará por el agujero de gusano. Los microorganismos no se miniaturizarán. El resultado del experimento será que el virus es devastador, por supuesto, pero no porque infecte a nadie, sino porque introducirá seres gigantescos y agresivos en un mundo diminuto. Será como si de pronto aterrizasen unos extraterrestres hambrientos y aniquilasen a toda la población. Es que el experimento que sus jefes desean no puede realizarse, porque no tenemos la piedra.

-Te repito Elisa, que yo todo esto lo comprendo, no obstante, tengo que cumplir las órdenes de mis superiores me guste o no.

Agujeros de gusano

Los dos se callaron unos segundos. Elisa lloraba de la impotencia. ¿Cómo era posible que pretendiesen llevar a cabo el experimento a pesar de la negativa del equipo científico al mando?

-Joder, coronel. Simplemente con retirar los mecheros bunsen de alrededor de la placa de Petri, los microorganismos presentes en el aire devastarían todo lo que hay en ese mundo.

-Lo sé y lamentablemente, no me sirve. No he sido capaz de hacerles entrar en razón.

-¿No podemos ganar tiempo? Deme al menos un par de días para tratar de resolverlo.

-¡Ya te he dicho que no! – Se tomó un instante para continuar, pues comprendía la frustración de la científica. – Mira vamos a hacer esto. El experimento ya tendría que haber empezado. Por desgracia he cometido el error de dejarme el vial en mi oficina. Así que voy a ir a por él.

-¡Maldita sea, coronel! ¡son las cuatro de la mañana! ¿De verdad no puede darme hasta las siete?

-Tengo que entregar un informe a primera hora, Elisa. Si no me enfrento a un consejo de guerra. Tardaré aproximadamente treinta minutos. Tú no te muevas de aquí.

El coronel Prado se dio media vuelta, no antes de guiñarle un ojo a Elisa, que tardó un par de segundos en captar lo que le estaban tratando de transmitir en realidad. En el instante en que el militar salió del laboratorio, la mujer comenzó a corretear en busca de algún recipiente que pudiese albergar el contenido de la placa.

Primero desvalijó su mesa, pensando que podría disponer de algún material de laboratorio estéril. ¿Un matraz? No, no sería capaz de cerrarlo herméticamente. ¿Una probeta, quizás? No sería lo bastante grande. Tampoco encontró una sola placa de Petri para dar el cambiazo por la que contenía su pequeño mundo. De modo que no le quedó más remedio que improvisar.

Entre los muchos trastos que yo acumulaba en el caos de mi escritorio, encontró una botella de cerveza a medio terminar, junto a un montón de folios escritos con tal rapidez que eran prácticamente imposibles de leer.

Tendría que valer. Debía esterilizarla, de modo que salió de la habitación y recorrió los pasillos del complejo a toda la velocidad que le permitían sus piernas. Los soldados la miraban como si estuviese loca, pero no dieron más pábulo al asunto, pues no era la primera vez que Elisa, la excéntrica, se comportaba de manera imprevisible. El laboratorio de microbiología, al otro lado del edificio, contaba con un autoclave. La investigadora sabía a ciencia cierta que la estancia estaría vacía, ya que todos los trabajadores de esa área estaban ya en sus casas a esas horas.

Desde el momento del incidente, habían pasado veintidós horas y aunque, por lo visto, el coronel no dormía, los científicos sí que tenían un horario laboral al que atenerse.

Ya estaba frente a la puerta. Con el pulso acelerado y los nervios a flor de piel, no se lo pensó dos veces a la hora de propinar una fuerte patada en la madera, con intención de abrir de un golpe. Por desgracia no se encontraba protagonizado un filme policiaco y lo único que consiguió fue un tremendo dolor en el pie. A penas mantuvo el equilibrio lo suficiente como para no caer de nalgas en la fría baldosa del pasillo y, entonces decidió probar suerte con la opción más civilizada.

Giró el pomo sin estar muy segura de si iba a funcionar o no y, para su sorpresa, este hizo que el resbalón de la cerradura girase, permitiéndole el acceso y haciendo que se sintiese como una completa estúpida.

Dejaría la botella el tiempo necesario a la máxima temperatura que el aparato podía desarrollar, para asegurar que estuviese completamente libre de cualquier microorganismo que pudiese proliferar e introduciría, con sumo cuidado, el contenido de la placa de Petri, para cerrarla y llevársela de allí. No podía permitir que el general iniciase un apocalipsis microbiano en el mundo que ella había creado. Ya no solo por Paco, Beltrán y Clara, sino porque allí había nacido un universo entero. Los estudios que se podían llevar a cabo simplemente observándolo eran muchísimo más valiosos a nivel científico que nada que hubiese tenido entre manos. Desde investigaciones a cerca del inicio de la propia vida en el planeta, hasta conjeturas sobre la evolución y los diferentes caminos que esta podría tomar dependiendo de las condiciones. Y eso, conformándonos con el hecho de haber perdido la piedra de Elisa, pues recordemos que aquel experimento era en sí, la demostración de la existencia de los agujeros blancos, los puentes Einstein-Rose, el hecho de que los agujeros blancos y negros están, como predicen las matemáticas, conectados entre ellos, la corroboración de la teoría de que se puede transitar a través de los agujeros de gusano…, en definitiva, un sinfín de descubrimientos científicos que revolucionarían la física y la biología de la época.

Decidió volver al laboratorio mientras la botella se esterilizaba. Recogería toda la documentación que pudiese y se largaría del complejo antes de que los militares pudiesen detenerla, pues no tenía ni idea de cuáles serían las represalias que tomarían contra ella los altos mandos del ejército si llegaban a cazarla.

Agujeros de gusano

Entonces escuchó de nuevo la voz de su compañero, que desde algún lugar del interior del experimento.

-¿Elisa, estás ahí?

-¿Paco? ¡Menos mal! Escucha, no tenemos mucho tiempo.

.¿Ha pasado algo?, ¿has hecho algún avance?

-¡Escucha, joder! – Obedecí al instante. – Los militares quieren inocular el virus en la placa sin pasar por el agujero de gusano.

-¿Cómo? ¡Pero los microorganismos aquí serán gigantes! ¡Se nos comerán a todos! ¡No le dejes Elisa, por Dios!

-¡Ya lo sé Paco! ¡Escúchame joder! Estoy esterilizando un recipiente cerrado, una botella de cerveza que te dejaste aquí anoche. En cuanto esté libre de microorganismos meteré todo el contenido de la placa con todo el cuidado que pueda y la sacaré de aquí. El coronel me ha dado algo de tiempo para hacerlo. Quedan unos veinte minutos para que baje de su oficina con el vial. Es inevitable, dice que tiene las manos atadas.

-Veinte minutos allí, para mí son…- hizo el cálculo mentalmente. - tenemos aproximadamente un mes para prepararnos. No sabes dónde está Clara, ¿verdad?

-¿Aún no la has encontrado? ¿Cuánto tiempo ha pasado desde que hablamos la última vez?

-Para nosotros casi dos años.

-Joder. Os dejo, no puedo perder ni un minuto más. No os preocupéis, todo va a salir bien.

Elisa se echó las manos a la cabeza. No podía creer que la vida de sus amigos dependiera de cómo ella metiese el contenido de una placa de Petri en una botella de cerveza esterilizada. Los acontecimientos estaban a punto de superarla, pero contuvo con valentía las ganas de echarse a llorar y salió a toda velocidad hacia el otro laboratorio, donde la botella de cerveza que debía contener Vidmar ya estaría esterilizada.

Capítulo IX

-Ya entiendo por qué razón faltan los accidentes geográficos en tus mapas, viejo.

-Fabuloso, porque yo no me he enterado de nada.

Traté de aclarar mis pensamientos antes de explicarle al anciano que, al cabo de treinta días, íbamos a vivir el mayor cataclismo que ningún ser humano había experimentado jamás. Imaginé durante unos minutos, cómo afectarían los movimientos a nivel macroscópico en un mundo tan diminuto. Por muy cuidadosa que Elisa fuese al hacer el traslado, la mayoría de los seres vivos de aquel mundo perecerían con mucha probabilidad. Destrozados por los terremotos, vientos huracanados, deslizamientos del terreno, maremotos y demás desastres naturales.

-Veamos, viejo, nos has hablado en numerosas ocasiones del muro del fin del mundo. Si no he entendido mal tus historias, en el futuro de este mundo hay una bóveda que rodea todo el país. Una barrera de vidrio cuya explotación es la base de vuestra economía. ¿Me equivoco?

-No.

-Cuando empezamos este viaje en busca de mi esposa Clara, nos dijiste que notabas la falta de ciertos accidentes geográficos, que en esta época en la que existimos ahora mismo, no están. Que parecía que alguien hubiera aplanado el terreno, ¿cierto?

-Exactamente.

-Bien pues ahora entiendo lo que ocurre, o más bien, lo que va a ocurrir. En el mundo real, de donde Beltrán y yo venimos, mi compañera Elisa tiene que introducir todo este país en una botella de cerveza por culpa de un desaprensivo que quiere inocular un virus aquí dentro. Eso nos mataría a todos irremediablemente y la única solución es arriesgarse con el traslado. Las paredes del recipiente serán tu muro del fin del mundo. El traslado de esta tierra desde donde está ahora mismo hasta el fondo de una botella provocará que surjan las montañas y los cañones. Que todo se parta y la tierra cambie completamente de forma.

-Entiendo..., pero entonces corremos un terrible peligro.

-Sí. Es muy probable que muramos todos. No sabemos cómo se va a mover la tierra ni si la caída al fondo de la botella o los huracanes que se formarán o si cualquiera de estos árboles acabará arrancado de cuajo y cayendo sobre uno de nosotros.

-No tiene por qué ser así. Hay una manera de librarnos de todo este horror que describes.

Me quedé mirando al viejo, intrigado por la rotundidad de su afirmación.

-Las pastillas. -Beltrán, que no había dicho una sola palabra desde que salimos de la celda intervino para secundar la idea que el viejo aún no había llegado a exponer. — Tenemos que hacer más pastillas para viajar al futuro, cuando Vidmar ya está dentro de la botella. Así nos libraremos del cataclismo y no correremos peligro.

-¿Y tu madre? No podemos dejarla.

-Cuando hablabas con Elisa mencionaste que teníamos aproximadamente un mes antes de que empiece todo, ¿no? Pues tenemos que correr.

El chico se puso en marcha al instante, comenzó a caminar hacia el sur como si nada, convencido de que lograríamos encontrar a Clara sin ningún problema. El viejo y yo seguimos sus pasos en silencio. Cada cual maduraba el plan en su mente, tratando de encontrar la forma más rápida de llegar a nuestro destino.

-¿Cuánto queda para llegar al sur del país, viejo?

-Un par de semanas, siempre que logremos hacernos con unas babosas y no tengamos más inconvenientes.

-Entendido.

Beltrán cambió súbitamente de dirección para encaminarse hacia la aldea de la que habíamos logrado escapar a duras penas.

-¿Dónde vas? -Preguntó el viejo.

-Necesitamos babosas, ¿no es así?

Tenía razón. No había tiempo para seguir adelante con la esperanza de cruzarnos con otra población y esperar que amablemente nos proporcionaran unas monturas, ni podíamos proseguir con la travesía a pie, ya que se eternizaría. La solución óptima era conseguir robar los animales en la única población que conocíamos.

Volvimos sobre nuestros pasos. Con precaución de no llamar en absoluto la atención, nos acercamos a la linde del bosque. Más allá estaba la aldea en la que habíamos estado recluidos. Según nos acercábamos comenzamos a escuchar los aterradores sonidos de una cruenta batalla. Los gritos de los hombres y mujeres que estaban siendo atacados por un pueblo bélicamente muy superior. Los soldados que nos habían liberado portaban armamento de metal, escudos, ropa hecha de piel curtida que probablemente les protegerían contra rudimentarias lanzas y las flechas de los indígenas de la aldea.

Nos aventuramos en el valle. Ya podíamos ver la lucha a lo lejos. Los soldados se ensañaban tratando a cualquiera que fuese vestido con un taparrabos como si fuese una bestia salvaje que amenazase sus cosechas. Con total crueldad y sin el más mínimo sentimiento de culpa, decapitaban mujeres y niños que suplicaban por sus vidas entre llantos y sollozos de puro pánico.

Las pilas de cadáveres formaban dantescos regueros de sangre que fluía por los caminos entre las casas, como ríos de color rojo que contrastaba con el negro de la tierra quemada.

Las cabañas de la pequeña aldea eran ya pasto de las llamas y los pocos guerreros locales que aún tenían fuerzas para luchar estaban rodeados y a punto de ser masacrados por los invasores.

Cerca de nuestra posición, un rebaño de babosas pastaba libremente, como si la brutalidad de la guerra no fuese con ellas. Avanzamos en cuclillas, con intención de montarnos y huir despavoridos del lugar de la batalla, cuando nos sorprendieron.

-¡Alto ahí!

Uno de los soldados nos había visto.

-¿Creéis que podéis escapar, malditos salvajes?

Se acercó blandiendo su espada por encima de su cabeza, con intención de acabar con los tres él solo, como si se sintiera un superhéroe que puede con cualquier enemigo, incluso con tres hombres que, aunque estuviesen desarmados se defenderían como gato panza arriba.

No era de extrañar tamaña confianza, pues de la nada, aparecieron otros dos hombres con sus relucientes armas manchadas de la sangre de muchos.

-¡Espera, son los presos que rescatamos antes! ¡Estos no son enemigos!

Por fortuna, uno de ellos nos reconoció y abortaron el ataque.

Agujeros de gusano

-¿Qué hacéis aún aquí? ¿Acaso estáis locos? Tenéis suerte de que os hayamos recordado, si no correríais la misma suerte que esos salvajes.

-Buen señor. Estamos muy agradecidos por haber sido liberados. Besamos sus pies y los de toda su familia por ello. Pero no podemos huir sin monturas. Como bien ha expresado usted mismo, no somos salvajes, no podemos viajar por la espesura de estos bosques, pues sin ninguna duda, acabaríamos siendo la comida de alguna fiera.

-Está bien…, -el soldado que nos había rescatado de la celda suspiró profundamente, al tiempo que echaba un vistazo a su alrededor- coged una babosa cada uno, antes de que os vea mi superior, pues podría interpretar que estáis robándonos nuestro botín. ¡Corred antes de que cambie de opinión!

No hacía falta que nos lo dijera dos veces. Arrancamos a toda velocidad hacia los animales y nos subimos a sus lomos de un salto. Las espoleamos con todas nuestras fuerzas para que empezaran a moverse a la mayor velocidad posible y desaparecimos en la espesura sin siquiera molestarnos en mirar atrás.

Aquellas semanas de peregrinaje fueron las más intensas de nuestras vidas. Viajábamos día y noche, parando apenas un par de horas para descansar. El esfuerzo requerido para desplazarse sobre nuestras monturas era muy grande de modo que acabábamos las jornadas, totalmente agotados, pero aun así continuábamos, exigiéndole a nuestros cuerpos más de lo que nunca hubiese imaginado que podía dar un ser humano. Sobre todo, teniendo en cuenta el largo periodo de cautiverio, que ya había mermado bastante nuestras reservas.

Ninguno hacía el más mínimo ademán de rendirse, ni sugería siquiera tirar la toalla. Aunque lo más fácil para nosotros habría sido darlo todo por perdido, coger las cuatro pastillas de color amarillo que había confeccionado con el poco moho mágico que nos quedaba, y saltar unas cuantas décadas hacia el futuro, donde Vidmar ya sería un país dentro de una botella de cerveza y no nos acecharía el peligro de un cataclismo global en ciernes. Aquellas pastillas viajaban en mi bolsillo, en lugar seguro. El viejo me había insinuado que las uniera con el resto en la bolsa de cuero que él custodiaba. Las tres pastillas rojas, la azul, la verde y la otra amarilla que había fabricado siguiendo sus instrucciones y que se suponía que servirían para que el bucle temporal en que estaba metido pudiera cumplirse.

Estas cuatro píldoras a mayores eran para nosotros y para Clara, ya que, según el anciano, los bebés no necesitaban tragar nada, sino que con estar cerca de un adulto durante el viaje era suficiente. De ese modo, el bebé que habría tenido

mi esposa, mi hija a la que aún no conocía,
también podría salvarse.

Agujeros de gusano

Capítulo X

Agujeros de gusano

Las llanuras del centro del continente supusieron un reto considerable. Lejos de la costa, la tierra era árida y seca. Las babosas sufrían bastante en aquel medio arenoso. Se cansaban con facilidad, ralentizaban la marcha, necesitadas de agua para poder hidratarse en condiciones, no en vano se trataba de una especie que había evolucionado de las babosas que todos conocemos en el mundo real. A pesar de que las que utilizábamos como montura eran mucho más robustas y de piel dura e impermeable, seguían dependiendo de mucha cantidad de líquido para sobrevivir. Eso nos obligaba a viajar de una fuente de humedad a otra, lo que en ocasiones se volvía una tarea casi detectivesca. Seguíamos el rastro de los manantiales observando el estado del terreno y los cambios en la pobre vegetación que nos encontrábamos en el camino.

En una ocasión, habíamos vaciado las cantimploras a mitad de la jornada. El calor del medio día era asfixiante y las monturas se negaron a continuar.

-¡Vamos, maldita sea!

-No te esfuerces, Paco. No se van a mover hasta que no refresque.

-¡No tenemos tiempo para esto y lo sabes!

-Soy consciente. Sin embargo, no hay nada que hacer. Tendremos que esperar a que las babosas puedan desplazarse. Son animales dóciles, pero bastante testarudos y si se niegan a moverse, no serás capaz de obligarlas.

-¡Muévete maldito bicho de las narices! — A pesar de las palabras del viejo, mi frustración hizo que desoyera su razonamiento.

-Papá, tranquilo. Seguro que podemos parar dos horas. Aprovecharemos para descansar.

Beltrán continuaba mostrando signos de madurez, cada vez que yo perdía los nervios. Era el único que era capaz de calmar a su pobre padre, que estaba desesperado por culminar aquel estrambótico viaje.

-Déjame ver otra vez el mapa, viejo. -Pidió el muchacho. – Ahora estaríamos aquí, ¿me equivoco?

-Precisamente, Beltrán. A unos cien kilómetros de la frontera entre las Tierras de los Vidrieros y la Casa Blanca. Aunque no sabemos cuál sería la extensión de este desierto porque…

-Porque se convertirá en el gran cañón.

-Eso es chico. Toda esta tierra podría quedar soterrada y ahora mismo podría ser, en extensión, muchísimo más amplia.

-Pues vaya ánimos que nos das, viejo. Así que estamos en medio de un desierto que no sabemos cuánto se extiende y que podría tragarnos en un segundo, si el cataclismo se desatase. — Intervine.

-Por desgracia, así es.

-¡Y tenemos que pararnos por estas malditas babosas gordas y vagas!

Grité de nuevo a las monturas, a sabiendas de que no surtiría ningún efecto.

-Claro…, a quién se le ocurre cruzar el desierto en babosa.

Una voz desconocida salió de detrás de los animales.

-¿Quién eres? -Pregunté al viento.

Entonces un niño, que sería más o menos de la edad de Beltrán se mostró sonriente.

-Me llamo Pedro. Os llevo siguiendo ya un par de kilómetros, para ver qué hacían tres atontados montados en babosa en mitad del desierto. ¿No os dais cuenta de que no pueden moverse bien en la arena? ¿Queréis morir aquí?

-Nosotros no…

-No sois de por aquí cerca, intuyo. -El chico me interrumpió. – Anda…, vamos a ver si podemos ayudaros.

Se metió en la boca los dedos, pulgar e índice y sopló, emitiendo un potentísimo silbido. Al instante, alguien contestó de la misma forma desde la lejanía y una nube de polvo comenzó a crecer al oeste.

En cuestión de minutos, aquella tormenta de arena nos alcanzaría, pero el chico continuaba inmóvil, observando cómo se acercaba con cara de satisfacción.

Pronto, todo aquel humo se convirtió en una enorme manada de avestruces, montadas por jinetes que se aferraban a sus cuellos, dirigiéndolas con enorme pericia.

-Hola, extranjeros. — El que parecía el líder de la comitiva nos saludó con efusividad, como si se alegrase de ver rostros nuevos. -Si Pedro nos ha llamado, significa que necesitáis ayuda, ¿me equivoco?

-Buen señor. -En esta ocasión fui yo quien, emulando al viejo, me ocupé de las diligencias con los extraños. — Estamos muy contentos de veros, pues nos hallábamos en serios aprietos. Nuestras monturas parecen no estar adaptadas al clima del desierto y nosotros, en nuestra ignorancia, pretendíamos cruzar estas tierras a sus lomos.

-Pues sí que teníais problemas. Queda mucho hasta el siguiente oasis y probablemente habríais muerto de sed. Por suerte pasábamos por aquí, pues transportamos especias y otros artículos al otro lado del país.

-Pecando de optimista, ¿podríamos acompañarlos en su viaje?

-Siempre y cuando se comporten ustedes como caballeros y colaboren en las tareas de supervivencia del grupo, serán más que bien recibidos.

-¡Muchísimas gracias! Les debemos nuestra vida.

-¡No hay de qué!

-Yo soy Paco y este es mi hijo Beltrán. En cuanto a nuestro acompañante, todos le llaman el viejo.

-Encantado, señores. Yo soy el rey de las Tierras de la Arena, Bruno Amarelle y os doy la bienvenida.

El rey era un hombre extraordinario, de aspecto fornido, piel curtida y extremadamente bronceada. Como todos sus acompañantes, vestía una túnica de tela fina similar a las *gandoras* que suelen llevar los hombres del desierto marroquí y un turbante que le tapaba hasta los ojos, dejando al aire antebrazos y pantorrillas. Nos miraba, exhibiendo una blanquísima sonrisa, que brillaba entre las sombras de la capucha que protegía su cabeza del sol y mantenía la humedad cerca de su piel.

Silbó una vez más, para dar la orden a su séquito de que nos entregase tres avestruces, sobre las que no tardamos en subir.

-Papá. ¿Qué va a pasar con las babosas?

-Lo siento, chico. Pero esos animales ya están muertos. No hay forma de que lleguen hasta la siguiente zona húmeda y aunque tratásemos de darles agua, solo serviría para que se arrastrasen un par de kilómetros. Nosotros también nos veríamos en aprietos, pues no tenemos líquido suficiente. -El rey Bruno fue muy claro con

Beltrán, al que no le quedó más remedio que aceptar lo inevitable.

Las jornadas eran igual de intensas yendo acompañados de los jinetes de avestruces que cuando nos movíamos en solitario, con la salvedad de que sabíamos que aquel grupo nos guiaría sin peligro a través del centro del continente. Los pájaros se movían a una velocidad impresionante, muy superior a la que desarrollan sus análogos en el mundo real, que alcanzan los sesenta kilómetros por hora. A juzgar por la sensación de viento que nos impedía, a veces, incluso abrir los ojos, calculo que nos moveríamos a unos cien o ciento veinte kilómetros por hora.

El viejo preguntaba continuamente por la distancia recorrida y los detalles del paisaje, totalmente desconocido para él.

En aquel desierto no se levantaban dunas, ni existían los peligros de las enormes extensiones similares en nuestro mundo. Las temperaturas no variaban de un extremo al otro del termómetro dependiendo de si era de noche o de día, sino que se mantenían en torno a los treinta grados. Un calor seco y sofocante hacía que la tarea de dormir fuera harto complicada, por el sudor que continuamente empapaba nuestra ropa y el polvo que irritaba nuestras gargantas.

A juzgar por las jornadas de intenso viaje y la velocidad, casi constante de los avestruces, cruzaríamos en torno a los dos mil kilómetros de pura arena. Parábamos en los oasis, que los lugareños conocían perfectamente, el tiempo justo para llenar los depósitos de agua y comida y continuar la travesía, pernoctábamos al aire libre, y nos reuníamos para escuchar las aventuras que los diferentes hombres que conformaban el convoy, compartían con los demás noche tras noche. Así llegamos al sur del país. Lentamente, el desierto dio paso a las fértiles Tierras de los Vidrieros, donde nos despedimos del grupo.

-Lo hemos pasado en grande viajando con ustedes. -El rey Bruno procedía a despedirse con la misma diplomacia con la que nos había recibido en primera instancia.

-Majestad, como ya le dije cuando nos conocimos, le debemos la vida. Estaremos eternamente agradecidos por su generosidad, no obstante, me veo obligado a pedirle un último favor.

-Lo siento mucho, Paco. No puedo dejar que os quedéis los avestruces. Entenderás que son nuestro modo de vida…

-No se trata de eso, majestad.

Bruno quedó a la expectativa de que me pronunciase.

-Estamos buscando a alguien. Necesito encontrar a mi esposa Clara, que se ha perdido en algún lugar al sur de aquí. ¿Podría indicarme en nuestro mapa cuáles son y dónde están las poblaciones de esta zona?

Con su perenne sonrisa en la boca, el rey desmontó de su pájaro y acercó su cabeza al mapa que yo sujetaba con ambas manos.

-A pesar de la pésima calidad de tu mapa, Paco. Puedo marcarte las cinco aldeas que conozco. No creo que haya más poblaciones que las que te digo, pero te convendría hacerte con algo mejor para guiarte. ¡No me extraña que trataseis de cruzar el desierto en babosa, pues en este mapa que me enseñas ni siquiera aparece!

El monarca reía a carcajadas mientras señalaba por medio de cruces, los puntos en que se encontraban las poblaciones que debíamos registrar. Una vez hecho, los jinetes de avestruces se fueron envueltos en una nube de polvo.

-¿Qué les va a pasar, papá?

-Hijo. Como muy bien te dijo el rey Bruno hace unos días. A veces hay que aceptar lo inevitable.

Beltrán se quedó callado, mientras asumía que aquellas buenas personas que nos habían ayudado sin pedir nada a cambio, morirían en unas semanas, tragadas por la tierra y aplastadas por los sedimentos. Enterradas vivas en una tumba tan profunda que nadie en la historia de su propio país los recordaría.

Capítulo XI

La maniobra era complicadísima. Mucho más de lo que había imaginado en un principio, Elisa trataba por todos los medios de traspasar el contenido de la placa de Petri a una botella de cerveza. Primero fue dejando caer por gravedad el líquido que se había formado alrededor del caldo de cultivo. Después, le llegó el turno al continente. No quería romperlo por la mitad, por miedo a aplastar a los diminutos seres que en él vivían, así que optó por doblarlo de tal forma que la superficie quedase en la cara externa. Lo suficiente para lograr que entrase por la boca de la botella sin tocar en las paredes. Aquel movimiento hizo que se quebrase y acabase deformado, aunque menos de lo que esperaba, para lo dificultosa que le había resultado la operación.

Al fin estaba dentro. Puso el tapón rellenando la rosca impresa en el vidrio con teflón, de manera que aquel diminuto mundo que habían creado estuviera protegido de contaminaciones. No se desataría un apocalipsis microbiano en el que las bacterias presentes en el mundo real devorasen a los pobres individuos del interior a no ser que algún desaprensivo la abriese.

Solo quedaba pensar en dónde escondería el preciado tesoro, para que los militares no lo localizasen. No estaba dispuesta a permitir que inoculasen ningún virus para comprobar cómo destruía todo y a todos en el interior, para demostrar absolutamente nada. Lo que los militares pretendían no era ciencia, era una masacre sin sentido.

Metió la botella en su bata de laboratorio, sujetó la carpeta con todo lo que había podido salvar de la investigación bajo su brazo derecho y se encaminó como si nada hacia la salida. No debía llamar la atención o alguno de los soldaditos del complejo podría dar la voz de alarma. En aquel momento no era perseguida, pero la cosa no tardaría en dejar de ser de ese modo. No en vano, estaba robando descaradamente material que pertenecía al gobierno.

Apuraba el paso por el último de los pasillos. El ancho corredor desembocaba en el mostrador de recepción, en el que una funcionaria registraba el acceso y salida de absolutamente todo el mundo. Ya se tratase de un visitante o un trabajador, todos debían pasar por el mismo lugar, donde se le asignaría autorización para determinadas áreas. Dependiendo del color de la identificación que debía llevar colgada del cuello en todo momento, podría transitar por determinados pasillos dentro del complejo.

Una seguridad que no estaba carente de sentido, pues el tipo de experimentos que se llevaban a cabo en el edificio no eran de la clase de los que a un gobierno le conviene que se entere nadie.

Elisa se detuvo frente a la recepcionista que, atareada con el papeleo, le hizo una señal para que aguardase unos instantes. La científica miraba nerviosa hacia la entrada a los laboratorios. Quedaban unos minutos para que expirase el plazo que el coronel Prado le había dado y ella ya debería estar en el coche.

-María, tengo algo de prisa, te importa…

- Chica, Elisa…, está bien…

Se puso a registrar el abandono del edificio de mala gana.

-Las cuatro y treinta y siete. Firme aquí. Dijo mientras extendía un voluminoso tomo en el que se debía firmar el acceso y la salida.

-Que tengas un buen día.

Elisa se despidió con cordialidad fingida y se dio media vuelta, justo en el momento en que vio aparecer por las escaleras de acceso a la segunda planta al coronel con toda la plana mayor detrás, en procesión para presenciar la inoculación de un vial de un virus modificado genéticamente en su pequeño mundo.

Se montó en su coche y se dirigió a la salida. El último obstáculo por superar era un guardia que operaba una barrera automática. Un hombre demasiado vago como para ejercer ningún otro puesto en la organización que no fuese abrir y cerrar aquella barrera de hierro pintada a franjas blancas y rojas.

En cuanto vio el automóvil de la mujer lo reconoció y por pura desidia, no se molestó ni en asomarse a la ventanilla de su garita, sino que presionó el botón de apretura y permitió que saliese, a pesar de las comunicaciones llenas de interferencias procedentes de su intercomunicador.

En el complejo el revuelo era mayúsculo. A los pocos minutos de que Elisa se hubiese escapado con el experimento todo el personal se había enterado. Los implicados se enfrentaban a sendos consejos de guerra por los errores cometidos, siendo el más flagrante el del operario de la barrera, que dejó salir a la mujer sin siquiera comprobar su identidad. Aquel individuo pasaría en una cárcel militar varios meses por haber cometido aquel error.

En cuanto a Elisa, sabía que nunca más podría volver a aquella zona. En su mente ya tenía planeada su huida hacia el país vecino. Ni siquiera pararía en su casa. Se acercaría al banco más cercano a retirar los ahorros de su vida y emigraría a Portugal, con idea de esconderse allí durante unos años, hasta que todo se calmase. Era consciente de que estaba tirando toda su vida por la borda, pero también sabía que lo hacía por principios y que jamás cambiaría de opinión. Se ocultaría, pasaría el resto de su existencia viviendo en una mentira para que no la encontrasen y la encarcelasen, a saber cuántos años, por lo que estaba haciendo. Pese a que sus actos no eran otra cosa que la defensa de la decencia y la justicia conocía el precio a pagar por ellos y aun así estaba dispuesta a hacerlo.

Juzgó como poco inteligente transportar la botella por todo el mundo, a pesar de que nadie había visto el recipiente en el que había metido el contenido de la placa y no serían capaces de detectarlo, aunque la atrapasen. Era imperativo encontrar un escondite lo bastante seguro para mantener el experimento a salvo por muchos años.

Había, además, un factor que llevaba un tiempo rondándole la cabeza. La diferencia temporal entre el mundo de la botella y el real era una problemática importante. Aunque sus investigaciones dieran fruto y lograse recuperar el recipiente para hacer algún experimento que lograse extraer a Paco y su familia, solo con que ella tardase un par de años en lograrlo, las personas que deseaba salvar, probablemente ya habrían fallecido.

Pensó que, al tratarse de un mundo microscópico, probablemente las diferencias de temperatura afectarían a la percepción del tiempo en el interior. En el laboratorio al haber estado la placa de Petri rodeada de mecheros bunsen, la temperatura en el interior sería sensiblemente superior a la ambiental, de modo que, si lograba guardarlo en un lugar a menos temperatura, seguramente la percepción del tiempo en el interior se acercaría más a la del mundo real.

Se le ocurrió entonces el escondite perfecto. Un escondite a la vista de todos, pero en una casa a la que nadie tendría por qué acceder en años. Lo peor que podría pasar sería que los militares pasaran por allí en busca de algún implicado, no obstante, jamás sospecharían de una botella de cerveza dentro de la nevera en el antiguo piso de Paco. Elisa tenía un juego de llaves por si surgía una emergencia. La familia de Paco vivía lejos de allí y ellos no tenían muchos conocidos en la ciudad, de modo que le había dado aquel juego y el de la casa en la que vivían, cedida por el ejército.

Rebuscó en la guantera. Tenía la costumbre de llevar ahí todas las llaves que pudieran hacerle falta. Manía que había adquirido tras quedarse en varias ocasiones fuera de la suya. Si se iba al trabajo lo hacía en coche, de modo que siempre tendría el repuesto allí por si acaso.

El piso de Paco estaba en el centro de la urbe. Un edificio de los más altos de la época, con buenos remates y calidades, que daba la sensación de tratarse de un hogar para una familia de postín. Al menos en comparación con los edificios colindantes que eran un tanto más cochambroso. Construcciones con el ladrillo a la vista y rudimentarias estructuras exteriores para facilitar la huida en caso de incendio.

Subió las escaleras pesadamente, pues no estaba acostumbrada a demasiado ejercicio físico y se dispuso a entrar.

Elisa no era una persona especialmente fisgona, pero no pudo resistir la tentación de echar un ojo al lugar. Muebles a la moda de la época, papel pintado recién puesto, un suelo impoluto, que parecía no haber sufrido ni el más mínimo golpe. No parecía que en aquel lugar hubiese vivido un niño travieso, que no paraba de ir de aquí para allá jugando y haciendo trastadas.

Se encaminó hacia la cocina. La misma sensación de limpieza la embargó al entrar en aquella estancia que emanaba una fragancia floral, que distaba mucho de la que se espera para un piso en el que nadie habita desde hace algún tiempo. Disponían de los electrodomésticos más modernos del mercado, incluyendo una nevera de última generación con una enorme puerta, recubierta de una lámina que imitaba la madera.

Dejó la botella en la encimera, antes de proceder a depositarla dentro del refrigerador. Apoyó los codos en la piedra para doblar la espalda hasta que su cara quedó a la altura del recipiente. Quería echar un vistazo al interior a pesar de que sabía a ciencia cierta que no vería nada salvo un poco de marial sólido flotando sobre líquido. Todo teñido del color ámbar del cristal que lo rodeaba.

Capítulo XII

Agujeros de gusano

La última aldea del sur que nos quedaba por registrar estaba ya en el horizonte. Todavía quedaban horas para que amaneciese, pero no estábamos dispuestos a detenernos por nada del mundo. Clara tenía por fuerza que estar allí, por fin encontraría a mi esposa y podríamos estar juntos, mi familia volvería a reunirse y todos nuestros problemas estaban a punto de solucionarse.

La silueta de las casas se dibujaba negra en contraste con un cielo iluminado por la luna llena.

Apretamos el paso un poco más si cabe. Aún no sabía qué nos íbamos a encontrar, únicamente que no se trataba de una tribu beligerante, sino que ofrecían auxilio y hospitalidad a los extranjeros, según decían todos los habitantes de las poblaciones vecinas.

No quedaban más que unos centenares de metros cuando notamos el primer temblor. Una sacudida del terreno bestial que hizo que nuestras babosas se detuviesen, asustadas al notar algo que no habían sentido en sus vidas. Con la frenada en seco de unos animales que se desplazan más rápido que cualquier montura viva del mundo real, salimos despedidos y nos estrellamos contra el suelo varios metros por delante de las babosas que, de manera instintiva huyeron desbocadas hacia el bosque, al refugio de los grandes árboles. Nosotros nos quedamos solos, a oscuras y sin medio de transporte. Inmóviles durante el tiempo que la tierra estuvo temblando

-¡Ha empezado!

Beltrán estaba en lo cierto. El cataclismo acababa de dar comienzo. A aquel temblor le seguirían otros cada vez más intensos hasta que el mundo sobre el que vagábamos se partiese en dos y acabase cayendo en el fondo de una botella de cerveza.

Agujeros de gusano

Nos incorporamos de un salto y echamos a correr hacia la población. Nos quedábamos sin tiempo y aún no habíamos encontrado a Clara.

Durante el segundo temblor apenas podíamos mantener el equilibrio. Saltábamos por el suelo en movimiento, inestable, como si estuviéramos cruzando un río de piedra en piedra, hasta que al fin llegamos al pueblo.

En la zona central, lejos de las construcciones y de los gigantescos árboles que amenazaban con caer y aplastarlos, se apiñaban los asustados aldeanos. Allí estaba mi esposa, tranquilizando a un grupo de niños con carisma, manteniendo la calma en una situación de peligro.

-¡Clara! – Gritábamos a coro tratando de llamar su atención, pero no nos escuchaba debido al estruendo que generaba la tierra retorciéndose a nuestro alrededor.

-¡Clara!

Volvimos a chillar. Esta vez estábamos lo bastante cerca para que nos escuchase. Tardó un par de segundos en reaccionar, pero en cuanto nos vio echó a correr hacia nosotros. Me abrazó en primer lugar. Nos fundimos en un beso apasionado, como si no hubiese pasado ni un solo día desde que nos vimos por última vez.

Sus lágrimas mojaban mis mejillas y cuando se apartó buscó a Beltran con una sonrisa de oreja a oreja. No tuvo ninguna duda. Lo reconoció a pesar de que ella debía esperar encontrarse con un niño de diez años, abrazó al Beltrán de catorce, más alto que ella, casi un hombre hecho y derecho, con una minúscula sombra de bigote asomando sobre su labio superior. Él lloró como si de repente volviese al día en que nos fuimos, como si todos los años que había estado sin abrazar a su madre se borrasen de golpe y volviese a ser un crío.

Agujeros de gusano

Nuestro tierno reencuentro no duró demasiado. Uno de los árboles centenarios del bosque colindante, se derrumbó cerca de nuestra posición y nosotros sabíamos que no sería el único.

-¿Qué está pasando?

-Elisa está sacando el contenido de la placa de Petri. Nos va a meter en una botella de cerveza.

-¿Por qué? ¡Va a destrozarlo todo! ¡Nos va a matar!

-Es una larga historia. No tiene más opción, créeme. Ahora tenemos que tomarnos estas pastillas y salir de aquí. Cuando las tomemos viajaremos en el tiempo y aunque seguiremos atrapados en este mundo, el cataclismo no nos matará.

-¿Pero y toda esta gente? No podemos dejarlos aquí, morirán todos.

-Clara, -miré a mi mujer directamente a los ojos, suplicando en silencio que no pusiese en duda ninguna parte de nuestro plan. - solo podemos salvarnos nosotros y el bebé. Y tiene que ser ahora mismo, no sabemos si el siguiente terremoto acabará de una vez con todo.

Ella se dio media vuelta sin añadir nada más. Se acercó a la anciana que la había rescatado, que estaba muerta de miedo con el resto de los habitantes de su aldea y cogió a la pequeña Clara en sus brazos. Únicamente pudo vocalizar un "lo siento", sin atreverse a mirar a los ojos a la persona que le había salvado la vida y que le dio un hogar cuando ella más lo necesitaba. Con un terrible sentimiento de culpa, obedeció a su instinto de supervivencia y dejó atrás a todas las personas con las que había convivido durante los dos últimos años.

-No hay tiempo que perder.

Agujeros de gusano

En cuanto terminé de pronunciar aquella frase el tercer terremoto comenzó a sacudir la tierra. Fue bestial. Tan enormemente potente que nos lanzó a todos por los aires, como si la gravedad hubiese quedado anulada durante unos segundos. Flotamos a varios metros sobre el suelo y sentimos como si el tiempo se detuviese de golpe, como si los instantes que tardamos en estrellarnos contra el firme hubiesen durado una eternidad. Entonces la tierra vino hacia nosotros, aplastándonos contra ella como si fuésemos diminutas motas de polvo ante la gigantesca fuerza de la naturaleza. Un viento huracanado nos obligaba a mantener nuestros cuerpos pegados a la tierra y aunque tratábamos de incorporarnos, todos nuestros esfuerzos eran inútiles.

Comenzaron a llover cientos de rocas que impactaban directamente sobre nosotros, mientras nos acurrucábamos en posición fetal tratando de proteger las partes blandas de nuestros cuerpos ante un impacto fatal. Me arrastré hacia mis compañeros. Nos apiñamos los unos contra los otros en busca de la protección del grupo. Con suma dificultad, logré acceder a mi macuto, en el que guardaba las pastillas que nos debían salvar la vida. Las repartí. Cada uno tenía su billete hacia un futuro en el que aquel infierno ya habría terminado.

Estábamos a punto de irnos. Solo teníamos que tragarlas cuando el mundo empezó a girar sobre sí mismo, aturdiéndonos, haciendo que cualquier gesto nos resultase imposible.

-¡Tragadlas!

El viejo nos gritaba que cumpliésemos con el objetivo, aunque ni siquiera él era capaz de llevarse la mano a la boca, ya que estaba ocupado tratando de no salir volando, aferrándose a las raíces de los árboles que brotaban de entre las rocas.

Agujeros de gusano

Entonces lo sentí. Una punzada en mi pecho, como si de repente me hubiese caído encima un edificio entero. Un dolor tan inmenso que me cortó la respiración y me hizo perder el control de mis extremidades. El frío se extendía desde la punta de mis dedos hacia el centro de mi cuerpo al tiempo que perdía las fuerzas. No era capaz de mover ni un músculo, que de repente dejaron de responder a las órdenes de mi cerebro. El transcurso del tiempo se detuvo de repente. Percibí cada segundo como décadas, como si todo se hubiese detenido y solo existieran el frío y el dolor, que poco a poco fueron dando paso a la calma. Una paz tan profunda y reconfortante que hizo que olvidase todo lo que me rodeaba. Todo el mundo se desmoronaba y yo únicamente era capaz de sentir una tranquilidad imperturbable.

-¡Paco!

Clara me abrazó, obligándome a incorporarme, colocando sus brazos en mi espalda y tirando hacia arriba con todas sus fuerzas. Me miraba con los ojos hinchados. Las lágrimas salían prácticamente a chorro y corrían por sus mejillas para, finalmente estrellarse contra mi pecho, del que se escapaba mi sangre a borbotones.

Por mi parte, percibía su imagen como una lejana figura entre la bruma. Escuchaba su voz tan lejos que a penas lograba percibir un susurro entre el silencio.

Mi cuerpo era zarandeado con violencia. Mi mujer trataba en vano de devolverme al mundo de los vivos, pero ya era demasiado tarde para mí. Una rama, que procedía de uno de los árboles que se había desplomado cerca de nuestra posición, había atravesado mi tórax de lado a lado como si fuese una espada haciendo que me desangrase, regando el suelo que aún temblaba, lanzándonos a los dos de lado a lado.

-¡Aguanta mi amor!

Ella suplicaba por mi vida, aunque era evidente que no había mucho que hacer. Mi piel se volvió blanca en pocos segundos, mis ojos dejaron de brillar, quedando velados y mortecinos al tiempo que yo perdía la capacidad de percibir el mundo exterior.

-¡Lo siento! Perdóname por no haberte buscado en cuanto llegué aquí. No sabía por dónde empezar y me acostumbré a esta vida. ¡Lo siento, mi amor! Por favor no me dejes ahora. No después de todo lo que has pasado para volver a estar juntos.

Se aferraba a mí con todas sus fuerzas, en una exhibición de dolor propia del filme más trágico que se os pueda ocurrir.

-Estaba sola, me sentía perdida. No sabía cómo empezar a buscarte…, por favor no me dejes otra vez sola, te lo imploro.

Quise aprovechar el poco aire que quedaba en mis pulmones para susurrarle que la quería, pero ni siquiera fui capaz de hacerlo. La vida abandonó mi cuerpo a toda velocidad. Al menos me queda el consuelo de haberla visto una última vez antes de partir.

Ese fue el final de mi papel en esta historia, no así el de mis compañeros, que aún se encontraban en peligro.

Agujeros de gusano

Capítulo XIII

-¡Está muerto! ¡Es doloroso, pero debemos seguir, Clara!

El viejo tiraba de mi mujer con todas sus fuerzas. A pesar de lo terrible de la situación, ella sabía que llevaba razón. Que todo el esfuerzo que habíamos hecho para llegar a ese preciso instante habría sido en vano si no reaccionaba. Mi cuerpo aún estaba caliente, mi esposa no me había soltado y el suelo todavía temblaba con una intensidad que crecía de manera exponencial.

-¡Mamá! ¡Tómate la pastilla!

Beltrán se unió a las súplicas del viejo, haciendo gala de una entereza fuera de lo común, teniendo en cuenta que él también había perdido a su padre.

Los tres se tragaron las píldoras. Primero lo hizo Clara, con el bebé en brazos y a los pocos segundos Beltrán y el viejo hicieron lo propio. Un festival de luces comenzó a brotar de su interior, como si de repente se hubiesen encendido miles de pequeñas bombillas bajo su piel. Clara abrazaba a su hija con todas sus fuerzas, mientras la niña lloraba a pleno pulmón que, a pesar de su corta edad, parecía ser consciente de que algo terrible estaba ocurriendo a su alrededor.

Entonces, la tierra se abrió bajo sus pies. Una enorme grieta comenzó a formarse, dividiendo el mundo en dos partes y partiendo el grupo por la mitad mientras desaparecían envueltos en un halo de luz.

Un pequeño pedazo de tierra se separó del continente, yéndose a la deriva en un mar agitado, como si cientos de tsunamis se hubiesen generado a la vez.

Un gigantesco muro de vidrio ámbar brotó de golpe del suelo, como si se tratase de la mata de habichuelas mágica del cuento de Jack, rodeando todo aquel país, encerrándolo en una cúpula de cristal. Los accidentes geográficos de los que nos hablaba el viejo se generaron. En definitiva, el cataclismo transformó aquel mundo, dejándolo tal y como los habitantes del Vidmar del futuro lo conocerían.

Mis seres queridos habían desaparecido, dejando mi cuerpo inerte tirado en medio del desastre. Zarandeado por las sacudidas del terreno sin poder sentir ya, dolor o miedo.

Sus aventuras son otra historia llena de acción y altibajos, pero no es el relato que compete a estas líneas.

Fin del volumen I.